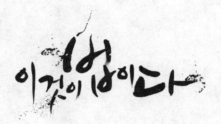

이것이 남이다

KB121163

이것이 법이다 169

2023년 10월 18일 초판 1쇄 인쇄
2023년 10월 23일 초판 1쇄 발행

지은이 자카예프
발행인 강준규

기획 이기헌 왕소현 임동관 박경무 강민구 조익현
책임편집 최전경
마케팅지원 이원선

발행처 (주)로크미디어
출판등록 2003년 3월 24일
주소 서울시 마포구 마포대로 45 일진빌딩 6층
Tel (02)3273-5135 Fax (02)3273-5134
홈페이지 rokmedia.com E-mail rokmedia@empas.com

ⓒ 자카예프, 2015

값 9,000원

ISBN 979-11-408-1344-5 (169권)
ISBN 979-11-255-9575-5 04810 (세트)

이것이 법이다

169

자카예프 장편소설

로크미디어

CONTENTS

돈이 전부는 아니다

이혼 사건은 한국에서 가장 흔한 사건이다.

실제로 이혼을 담당하는 가정법원에는 매일같이 사람들이 모여들어서 자리가 없을 정도다.

오죽하면 가장 저열한 싸움을 보고 싶은 사람은 가정법원으로 가라는 소리가 있겠는가?

물론 이번 사건이 정말로 단순 이혼소송이었다면 노형진에게 오지 않았을 것이다.

그러나 이번 사건의 의뢰인이 요청한 것은 탈출시킨 다음 이혼시켜 달라는 것이었기에 다른 사람도 아닌 노형진에게 배정된 것이었다.

"이미 죽었을지도 모르겠군요."

"아니에요. 아닙니다. 안 죽었을 겁니다."

"거참."

사건 내용은 간단했다.

자신의 누나를 이혼, 아니 구출해 달라는 것.

"이렇게 될 줄 알았다면 결혼을 허락하지 않았을 겁니다."

"그거야 그랬겠지요."

한국의 사람들은 전 세계에 나가서 일한다.

그리고 한국인 여성 스튜어디스를 많이 고용하는 곳 중에 하나가 바로 아랍 계통의 항공사다.

이슬람문화권이라 이슬람계 여성이 근무할 수 없다는 기막힌 구조 때문이다.

그래서 보통 한국 여성을 비롯한 다른 나라 여성을 스튜어디스로 고용한다.

그것까지는 나쁘지 않았다.

의뢰인인 강구민의 누나 역시 그러한 해외 근무 스튜어디스였다.

"왕자라는 말에 믿으면 안 되는 거였는데."

그녀는 비행기 내에서 자칭 왕자라는 놈을 만났다. 그리고 사랑에 빠졌다고 한다.

사실 그가 왕자일 가능성은 아주 높기는 하다.

비즈니스 클래스도 아닌 퍼스트 클래스를 타고 다녔다고 하니까.

"그리고 결혼을 했습니다."

여기까지야 아름다운 로맨스다.

문제는 그 후에 터졌다.

"무려 4년입니다. 4년이나 누나랑 연락이 안 된다고요."

결혼 이후에 4년.

그 기간 동안 단 한 번도 연락된 적이 없었단다.

전화도 없고 메일도 없고 달리 연락할 수단도 없었다.

"대사관에서는 도와줄 방법이 없다는 소리만 하고요."

"그렇겠죠."

공식적으로 결혼하고 그 나라 사람이 되었으니까.

물론 그랬다고 해서 한국 국적을 박탈당한 건 아니지만, 신병을 확보하기 위해서는 그 나라와 협조해야 한다.

"그런데 사우디아라비아……."

사우디아라비아.

전 세계에서 가장 부유한 국가 중 하나이자 가장 유명한 이슬람 국가 중 하나.

한국 외교부가 무능한 거야 하루 이틀 이야기도 아닌 데다가 다른 곳도 아닌 사우디아라비아에 뭔가 항의하거나 할 만큼 깡이 있는 것도 아니다.

"더군다나 진짜로 왕자라면 더 지랄맞아지겠죠."

하물며 일반인끼리의 결혼도 지랄맞은데 매형의 주장에 따르면 그는 왕자다.

왕자. 한 나라의 왕가의 핏줄.

그에 대해 사우디에 따지고 들면 심각한 외교적 분쟁으로 번질 게 뻔한 일.

그래서 외교부는 이 악물고 필사적으로 모른 척하는 상황이라고.

"주한 사우디 대사관에 물어보지 그러세요?"

"네, 물어봤습니다. 물어봤죠. 그런데 뭐라는지 아십니까? 왕가의 신변 보호를 위해 알려 줄 수 없답니다."

"틀린 말은 아닌데."

사우디 왕가의 힘은 어마어마하다.

그렇다 보니 결혼했다는 증거나 상부의 지시도 없이 말로만 '누나가 왕자랑 결혼한 것 같은데 알아봐 주세요.'라고 요청하면 주한 사우디 대사관 입장에서는 해 줄 수 있는 게 없다.

'더군다나 사우디에 왕자가 한둘이 아니니 말이야.'

사우디는 일부다처제 국가다. 당연히 그 핏줄로 연결된 왕자만 수백 명이 넘는다.

그중에는 권력의 핵심에 있는 왕자도 있지만 동시에 권력에서 벗어난 그저 그런 수준의 왕자도 있다.

물론 그저 그런 수준의 왕자라고 해도 일반인은 꿈도 꾸지 못할 정도의 부와 권력을 쥐고 있지만 말이다.

"누나가 어떻게 지내는지, 그리고 살아 있는지만이라도 알려 주세요."

다른 변호사들에게도 찾아가 봤지만 하나같이 이건 불가능하다면서 거절한 상황.

그나마 새론의 경우는 국제적으로 어느 정도 영향력이 있는 회사이기에 최후의 보루로 찾아온 거라고.

"알겠습니다. 알아보도록 하지요."

노형진은 고개를 끄덕거리며 말했다.

⚖️

새론의 정보력이 아무리 뛰어나다고 해도 사우디 왕자와 그 가족의 명단에 대해 알아보는 건 불가능하다.

하지만 전 세계의 경제에 영향력을 미치고 있는 마이스터는 그 정도 정보는 가지고 있었기에, 노형진은 큰 고생 없이 왕자에 대해 알아볼 수 있었다.

"케람 알 사우디드라는 왕자가 있기는 합니다."

로버트가 자료를 넘기며 말했다.

"직계는 아니고 방계입니다."

"방계라……. 그러면 권력은 별로 없겠네요."

"네. 물론 사우디 특성상 아예 권력이 없는 건 아니고, 아버지가 현 사우디아라비아의 통상부 차관입니다."

사우디아라비아에서는 왕실 계통의 사람이 아니면 정부의 주요 인사가 될 수 없기에 그건 어떻게 보면 당연한 거다.

아니, 차관이라면 그래도 나름 방계 쪽에서 능력이 있다는 뜻이다.

"케람 알 사우디드의 기록을 확인해 봤는데 확실히 와이프 중에 한국인이 있습니다. 지아 사우디드더군요."

"지아……. 확실히 그 이름이 맞습니다."

의뢰인의 이름이 강구민, 누나의 이름은 강지아라고 했으니까.

"아직 살아 있습니다."

"그러면 만나게 해 달라고, 하다못해 연락이라도 달라고 해야겠네요. 도대체 가족과 연락을 끊은 이유가 뭐랍니까? 설마 가족이 돈이라도 달라고 할까 봐 그런 거랍니까?"

살아 있는데도 연락을 하지 않는 행동에 노형진은 괘씸한 기분이 들었다.

사실 종종 그런 후안무치한 놈들이 있다.

그놈들은 가족들이 걱정하는 건 신경도 안 쓰고 오로지 자신의 욕심만 챙긴다.

그리고 노형진은 그런 놈들을 극도로 싫어한다.

"그게 말이죠, 연락을 안 한 게 아니라 못 한 게 아닐까 합니다."

"네?"

"지아 사우디드, 즉 강지아 씨는 일곱 번째 부인입니다."

"네?"

노형진은 귀를 의심했다.

처음에는 잘못 들은 줄 알았다.

"저기, 제가 잘못 들은 것 같은데요?"

"일곱 번째 부인입니다. 현재는 첫 번째 부인이기도 하고요."

"잠깐, 그게 무슨 말입니까?"

"사우디아라비아는 일부다처제 국가입니다."

"그건 알죠."

"그러면 그 아내를 얻는 자세한 방법은 모르시나 보군요."

"네, 뭐."

사우디아라비아의 법은 회귀 전에도 접할 기회가 없었다.

업무적인 영역을 제외하고는 다른 나라들과의 교류가 거의 없었으니까.

더군다나 법적인 문제에서 사우디는 극단적으로 폐쇄적인 국가다.

당연히 아무리 노형진이 회귀 전에 미국에서 잘나가는 변호사였다고 해도 사우디에 접근할 이유도, 그럴 일도 없었다.

"사우디에서는 최대 네 명의 와이프를 둘 수 있습니다."

"네? 네 명요? 그런데 일곱 번째 부인이라면서요?"

"네, 이게 말장난 같은 거라서요."

부인은 네 명까지만 둘 수 있다.

그런데 다섯 번째 부인을 들이고 싶다면 어떻게 하면 될까? 간단하다. 이혼하면 된다.

"기존의 한 명과 이혼하고 그 빈자리에 새로운 와이프를 넣는 거죠."

"정말 그럽니까?"

"네. 물론 이게 가능한 건 일부 부자 왕족뿐입니다. 보통은 일부일처제를 지키는 편이죠."

"그럼 일곱 번째 부인이라는 건……?"

"맞습니다. 이미 여섯 명의 아내가 있었다는 거죠."

그리고 지금 지아가 첫 번째 부인이라는 건, 그녀 전에 부인이었던 여자들과는 모두 이혼했다는 소리다.

"환장하겠네요."

"비공식적으로 케람 알 사우디드의 아내는 총 열세 명이었습니다."

이혼도 꼭 결혼한 순서대로 이루어지는 건 아니다. 그냥 남자가 원하는 대로 나가는 거다.

쉽게 말해서 지아는 실제로는 일곱 번째 아내지만 명목상 네 번째 부인으로 들어와서 지금은 첫 번째까지 올라가 버티고 있으나, 그 이후에 결혼한 여자들 중에도 상당수가 이혼당하고 다른 여자로 계속 바뀌고 있다는 거다.

"그게 됩니까?"

"합법입니다."

"여자들이 그걸 인정할 리가……. 아닙니다. 뭐, 말을 말죠."

이슬람문화권에서 여자가 가질 수 있는 지위가 과연 어디까지일까?

물론 이슬람문화권이라고 해서 반드시 여자가 노예 취급 받는 것은 아니다.

하지만 일반 남성 기준으로 생각하면 확실히 권리가 부족할 수밖에 없다.

"무슨 생각을 하시는지 압니다. 허락할 수밖에 없는 거죠."

"허락할 수밖에 없다?"

"네. 이혼당하면 밖으로 내쫓길 것 같지만, 의외로 그렇지 않습니다."

"네?"

"다들 같은 저택에서 삽니다."

"얼씨구?"

"현실적으로 그런 거죠."

사우디에서 이혼은 거의 전적으로 남성의 요구에 따라 이루어진다고 봐도 과언이 아니다.

현실적으로 여자가 요구해 봐야 거의 들어주지도 않는다.

오죽하면 과거 사우디아라비아에서는 이혼 소장이 접수되면 아내에게 문자가 발송되는 제도가 만들어진 적이 있는데, 그 이유가 가관인 게, 남자가 이혼 소장을 제출한 후에 소리소문 없이 이혼하고 재산을 땡전 한 푼 안 주는 경우가 너무 많아서였다.

"와이프가 동의해 주지 않으면 어떻게 되는데요?"

"공식적으로는 재혼도 불가능하죠. 하지만 그 뒤에 이루어질 보복을 과연 여자가 감당할 수 있을까요?"

"하긴……."

그게 과연 가능할까?

남편이 아내를 두들겨 팬다고 해도 이슬람문화권에서는 딱히 문제가 되는 것도 아니고, 하물며 상대방은 어찌 되었건 왕자다.

재판에 가 봐야 왕자에게 처벌을 내리는 정신 나간 판사는 없을 거다.

그랬다가는 왕실 모독으로 모가지가 따일 테니까.

"거기다가 이혼한 여자가 할 수 있는 일에는 한계가 있죠."

이미 한 번 결혼했다가 이혼한 여자를 과연 '다른 남자가 받아 줄까? 다른 곳도 아닌 사우디에서?

그럴 리가 없다.

그렇다면 그 여자가 사회에 나가서 일을 할 수 있을까?

그것도 불가능하다.

사우디아라비아는 여성의 운전마저도 최근에야 가능해졌다. 당연히 다른 사람들과 일하는 건 불가능하다.

"물론 국가에서 나오는 막대한 지원금이 있기야 합니다만."

"상대방은 그걸 막을 수 있는 왕자다 이거군요."

"맞습니다."

그러니까 방법은 그냥 시키는 대로 하는 것뿐이다.

이혼해 달라고 하면 순순히 이혼해 주는 것.

"그 대신에 공식적으로만 이혼하고 비공식적으로는 같은 저택에서 사는 거죠."

"일종의 편법을 이용한 하렘 만들기다 이거네요."

"정확합니다."

법적으로는 이혼했으니 법에서 정한 네 명이라는 숫자에는 들어가지 않으니까.

그리고 이혼당한 처 입장에서는 먹고사는 것에 관해서는 충분한 안정과 여유가 유지되니 그냥 참고 마는 거다.

어차피 사우디아라비아의 현실은 딱 거기까지니까.

"그렇게 와이프만 열세 명이다? 선을 너무 넘는데요."

"케람 알 사우디드는 그런 타입이더군요."

물론 사우디아라비아가 일부다처제 국가이기는 하다.

하지만 그렇다고 해서 무한대로 와이프를 가지지는 않는다.

말이 다처제 국가인 거지 사실상 세 명 이상의 와이프를 두는 경우는 극히 드물다.

그런데 와이프가 열세 명이라니.

"그건 그렇다고 치죠. 뭐, 그쪽에서 알아서 하는 거니까. 문제는 강지아 씨군요. 왜 아직 이혼을 안 당했답니까?"

이혼하면 그냥 한국으로 오면 되는 일이다.

그런데 이혼을 안 당한다?

더군다나 로버트의 말에 따르면 케람의 아내는 열세 명이라고 했다.

그 말은 지아 이후에도 무려 일곱 명의 아내가 더 들어왔다는 거다.

만약 순번을 돌려 가면서 이혼한 거라면 벌써 오래전에 이혼했어야 했다.

"그게 문제입니다. 강지아 씨는 이혼하면 갈 데가 있죠. 그런데 케람 알 사우디드는 놓아줄 생각이 없는 겁니다. 강지아 씨는 일종의 트로피 같은 거니까요."

"무슨 소리인지 알겠네요."

이혼하면 당연히 강지아는 뒤도 안 돌아보고 한국으로 돌아올 거다.

그리고 아무리 사우디라지만 그런 경우에 남자의 요구로 이혼하는 만큼 적잖은 돈을 줘야 하고, 그 돈이면 강지아는 한국에서 새롭게 시작하거나 좋은 사람을 만나서 다시 결혼할 수 있다.

아직 강지아의 나이가 28살인 만큼 불가능한 건 아니다.

"자기 부인을 놓아주고 싶지는 않다는 거군요."

"맞습니다."

다른 부인들은 대부분 자국인이다.

자국 내에 가족이 살고 있는 한 절대로 케람 알 사우디드의 영향력에서 벗어나지 못한다.

즉, 돌아가고 싶어도 돌아가는 순간 가족까지 공격 대상이 되기에 이혼당한 여자 입장에서는 그냥 반쯤 포기하고 사는 거다.

어차피 결혼하나 이혼하나 같이 사는 건 똑같고, 그저 기록상으로만 바뀔 뿐이니까.

하지만 강지아는 아니다.

한국의 여성은 자유와 권리에 대해 안다. 그리고 그곳에서 그런 꼴을 당하면서 살고 싶어 하는 여성은 없다.

우스갯소리로 일부에서는 한국 남자의 유일한 아내가 되느니 사우디 왕가의 열여덟 번째 아내가 되겠다는 소리를 하는 사람들이 있지만, 그 꼴을 당해 보면 그런 소리가 나올 수가 없다.

"놔주기 싫으니까 이혼을 안 한다……."

"네. 그리고 혹시 모를 상황에 대비해서 아예 외부와의 접촉 자체를 막는다고 하더군요."

"접촉 자체를 막는다고요?"

"네."

아내들이 사는 건물에 접근할 수 있는 건 여성에 한하며, 경비를 서는 경호원조차도 외부에서 고용한 민간 군사 기업의 여성 전투원이라고 한다.

즉, 그 건물에 다가갈 수 있는 사람은 케람 알 사우디드와 그 경호원 그리고 식사나 잡일을 해 주는 여성 근무자들뿐이라는 뜻이다.

"그거…… 사실상 유폐 아닙니까?"

"그렇죠. 이 정보도 그곳에서 근무했던 여성 경호원에게서 얻은 겁니다."

남성만 접근하지 못하는 게 아니다. 아예 인터넷도, 핸드폰도 끊어 버렸다.

혹시 모를 다른 방식의 접근을 막기 위해 아예 전파 차단기가 상시 작동 중이라고 한다.

"유폐를 넘어서 거의 교도소이지 않습니까?"

좀 화려한 교도소. 딱 그 수준이다.

"맞습니다. 교도소죠."

"아니, 왜 그렇게까지 하는 겁니까?"

"보니까 의처증이 있나 보더군요."

"그러니까 의처증이 있는 사우디아라비아 왕자다 이겁니까?"

"네."

"환장하겠군요."

의처증이 있으니 상대방을 끊임없이 의심하고, 그래서 그렇게 강제로 속박하고 또 괴롭힌다.

하긴, 사우디아라비아 왕자라고 의처증이 없으리라는 법은 없다. 그건 어디까지나 심리적인 문제의 영역이니까.

문제는, 한국 사람이라면 의처증은 이혼도 가능한 문제이지만 사우디아라비아는 아니라는 거다.

더군다나 그는 사우디아라비아의 권력의 핵심인 왕자다.

그 부인이 이혼하고 싶어 한다고 해도 법원에서 받아들여
줄 리가 없다.

"거기다가 왕자 스스로도 이슬람원리주의 성향이 아주 강
합니다."

"이슬람원리주의 성향이 강하다고요?"

"네. 다들 그러더군요. 만일 왕자가 아니라 일반인이었다
면 IS에 갔어도 이상하지 않을 인간이라고요."

"환장하겠네요."

여기서 말하는 이슬람원리주의는 단순히 독실한 이슬람교
도라는 뜻이 아니라 말 그대로 이슬람 외에는 사람으로 안
본다는 뜻이다.

거기다 IS에 갈 정도라는 건 상당히 극단적이라는 뜻인데,
IS 놈들은 고작 대여섯 살짜리 여자아이를 납치해서 성 노리
개로 팔아먹는 미친놈들이다.

이런 놈들에게 인권 존중? 그런 걸 기대하기는 힘들다.

"그나마 때리지는 않는다고 하네요."

"그냥 딱 성욕 해소용이다 이거군요."

"맞습니다."

실제로 별관에 오는 경우는 성욕을 해소하고자 할 때 빼고
는 전혀 없다고.

"환장하겠네."

노형진은 고개를 흔들었다.

아마도 강지아는 그런 사실을 꿈에도 몰랐을 거다.

물론 이슬람문화에 대해 아예 모르지는 않았겠지만, 이 정도의 극단적인 취급까지 각오했을 리가 없지 않은가.

사실 이건 노형진이 봐도 말이 안 될 정도로 터무니없는 행동이었다.

"그래서, 만나거나 꺼내 올 방법은 있습니까?"

"애석하게도 없습니다."

로버트는 고개를 흔들었다.

"그만둔 직원의 말에 따르면 어떠한 경우에도 밖으로 내보내지 않는다고 하더군요."

"구출 작전은요? 아니, 이걸 구출 작전이라고 해야 하나."

"힘들죠."

어찌 되었건 그곳은 사우디아라비아 정부에서 관리하는 도시다.

그것도 수도이며, 심지어 왕족들이 모여서 살고 있는 곳이다.

"거기에서 군사작전을 하는 건 불가능합니다."

그건 대놓고 사우디 왕가와 전쟁하겠다는 소리다.

"음…… 그건 부담스러운데."

노형진이 아무리 돈이 많아도 사우디 왕가와 비교할 바는 아니다.

가난한 나라라면 어떻게 금전적으로 압박을 가할 수 있겠지만 사우디 왕가를 압박한다?

그게 가능할 리가 없다.

"다른 방법을 써야 한다 이거군요."

"네, 맞습니다."

그 말에 노형진은 머리가 아파 왔다.

⚖️

"그런…… 상황이라고요?"

강구민은 충격을 받았는지 한동안 아무런 말도 못 했다.

누나가 사라진 지 4년. 그사이에 연락이 전혀 없어서 죽었다고 생각한 적도 있었다.

그런데 이건 어떻게 보면 죽은 것보다 훨씬 악질적인 것 아닌가?

"혹시 꺼낼 방법이 없습니까?"

"글쎄요. 모르겠습니다. 솔직히 말씀드려서 이런 상황이라면 거의 불가능하다고 봐야지요."

"크흑."

"일단 제가 직접 가서 방법을 찾아볼 생각이기는 합니다만……."

노형진의 말에 강구민은 당황한 듯 말을 잇지 못했다.

"네? 하지만……."

"돈은 걱정하지 마세요. 이건 돈이 문제가 아니니까요."

사실 강구민이 낸 변호사 선임비는 사우디에 가는 비행기 푯값에도 못 미친다.

하지만 노형진은 그럼에도 불구하고 해야 한다고 생각했다.

"이게 처음은 아닐 것 같다는 생각이 들었거든요."

과연 돈 몇백만 원이 한 사람의 인생보다 귀할까?

누군가는 그렇다고 할지도 모른다.

하지만 노형진은 그렇게 생각하지 않았다.

"제가 최선을 다해서 해결책을 찾아보겠습니다."

그리고 어쩌면 노형진에게는 가장 어려운 싸움이 시작되었다.

"우리는 대한민국 변호사인데 왜 사우디까지……."

"의뢰인을 위해 최선을 다하는 게 우리의 모토니까요."

"그야 알지만, 사우디는 완전히 노답 아닙니까? 사우디에는 우리 지점도 없는데요."

무태식은 고개를 절레절레 흔들며 말했다.

"그건 그렇지요."

노형진도 그걸 알기에 고개를 끄덕거렸다.

"딱히 제휴 로펌도 없고요."

사우디에 그런 곳을 만들려고 시도를 해 보지 않은 건 아니었다.

하지만 사우디아라비아는 한국 교민의 숫자도 많지 않고 인기 있는 관광지도 아니다 보니 여러모로 어려움이 컸다.

더군다나 워낙 폐쇄적인 곳이라서 외부와 손잡는 것 자체를 꺼렸다.

"결국 최선은 우리가 가는 거지요."

"끄응, 이럴 때면 진짜 국제 변호사라는 게 있으면 좋겠다는 생각이 든다니까요."

"그게 불가능하니까 문제죠, 하하하."

"하긴."

국제 변호사라고 하면 사람들은 그럴듯하다고 생각한다.

그러나 현실에서 국제 변호사라는 직업이나 자격증은 존재하지 않는다.

도리어 국제 변호사라고 자기를 소개하는 경우 처벌 대상이 된다.

하도 국제 변호사라고 사기 치는 놈들이 많아서 그런 법이 만들어진 거다.

애초에 국가마다 법이 다른데 국제 변호사가 존재할 수가 있겠는가?

물론 미국 변호사와 한국 변호사의 자격을 동시에 갖출 수는 있다.

하지만 그마저도 미국은 주마다 변호사 자격증을 새로 따야 하니 특정 주의 경우에만 가능하다.

당연하게도 그런 경우 국제 변호사라고 볼 수 없다.

두 나라의 변호사 자격증을 각각 땄을 뿐이니.

"그나저나, 괜찮으시겠습니까?"

다른 곳도 아닌 사우디아라비아까지 가는 건 쉬운 일이 아니다.

시간도 그렇고 돈도 엄청 든다.

하지만 무태식은 그런 거에 신경 쓰지 않기로 했다.

"어쩔 수 없죠. 사건의 규모야 작지만 국제적 문제이니까요."

국제적으로 어떤 사건이 벌어질지 모르는데, 아무런 책임도 질 수 없는 하위 직급의 변호사를 보낼 수는 없다.

책임질 일이 발생할 가능성이 높다면 당연히 상위 직급이 가야 한다.

더군다나 다른 곳도 아닌 사우디아라비아다.

그렇다 보니 여자 변호사는 현지에서 할 수 있는 게 없다.

일단 공식적으로 대우는 해 주겠지만 히잡을 쓰지 않았다는 이유 하나만으로 온갖 불편한 취급을 당할 테니까.

사우디아라비아의 이런 현실은 히잡 쓰는 것만으로 간단히 해결할 수 있는 게 아니다.

애초에 이제야 여성에게 운전 자격을 준 것만 봐도 사우디아라비아의 현실이 어떤지를 알 수 있다.

그런 사우디아라비아이니, 국제 문제를 해결하는 자리에

여성을 대표로 내세운다면 내심 상당히 불편해할 거다.

결국 상위 직급에서 책임질 수 있는 자리에 있는 사람들 중 급이 제일 높으면서 남자인 변호사를 데려가야 하는데, 그게 바로 무태식이었던 것이다.

김성식도 있지만, 김성식이 자리를 비우면 회사의 운영에 영향이 미치니까.

'그리고 사우디는 그런 거에 엄청 예민하단 말이지.'

"그런데 그곳에 접근할 수 있겠습니까?"

"글쎄요. 일단은 가 봐야지요."

"그런데 간다고 해서 만나나 줄지……."

'자국민을 구출하러 왔습니다.'라고 하면 당연히 만나 주지 않을 거다.

"그러니까 다른 신분으로 가야지요."

"다른 신분요?"

"네. 사우디에서 500억 달러 규모의 원유 계약을 할까 생각 중입니다."

"네?"

그 말에 순간 무태식은 기겁했다.

"아니, 500억 달러요?"

"네."

"노 변호사님, 그건 무리 아닙니까? 아니, 무리 정도가 아니라 미친 짓인데요? 아무리 한 사람을 구하기 위해서 하는 거라지만 다른 평계가 나을 것 같은데요?”

무려 500억 달러 치의 원유 선물매매.

그게 노형진이 공식적으로 사우디아라비아에 가는 이유였다.

한화로는 무려 약 63조의 양.

아무리 선물 시장이 크다고 해도 그 정도의 양을 한 번에 감당하는 건 불가능하다.

정확하게는, 그 정도 선물매매를 선물 시장을 통해 해 버리면 수수료가 어마어마하다.

“뭐, 더 할 수 있으면 더 하고요.”

“네? 그렇게까지 하실 이유는 없잖습니까.”

“겸사겸사입니다.”

“겸사겸사라…….”

‘지금 확보해 놔야 나중에 난리가 나지 않지.’

러시아와 우크라이나 사이에 전쟁이 터지면 에너지 가격은 미친 듯이 올라간다.

실제로 마이스터에서는 그때를 기준으로 엄청나게 많은 에너지 선물을 구입하는 중이었다.

러시아를 제외한 다른 나라의 가스도 막대한 선물을 구입하고 있는 중인데, 그중에 사우디도 있었던 것.

‘사우디아라비아가 분명 러시아 편들어서 감산했었지.’

물론 단순히 기분 나빠서 그런 건 아니었다.

사우디아라비아는 국제 질서에서 자신들의 힘이 늘어나기

를 원했는데 정작 전 세계는 대체에너지 확보에 열을 올리고 있었기 때문이다.

거기다 어찌 되었건 사우디는 독재국가다.

그런데 미국이 인권 문제로 들고일어나자 미국을 위협하기 위해 감산을 결정한 거다.

미국 입장에서는 화가 날 수밖에 없는 게, 상황이 급해지자 무려 미국 대통령이 사우디에 직접 찾아갔음에도 불구하고 엿 먹어를 시전한 셈이니까.

'그래서 나중에 역효과가 터지지.'

도리어 그 사건으로 인해 전 세계는 완전히 돌변하게 된다.

왜냐하면 러시아에 이어서 사우디아라비아까지 자원을 무기로 휘두르려고 한다는 걸 확신하게 되었으니까.

그래서 아예 궁극적으로는 에너지를 모두 대체에너지로 채운다는 계획을 세우고 빠르게 진행하게 된다.

'어찌 되었건 그 기간 동안 고통받는 건 피할 수 없는 사실이지.'

하지만 노형진이 막대한 석유에 대한 대금을 미리 치러 두면 사우디아라비아 입장에서는 그걸 주지 않을 수가 없다.

대금을 이미 지불했는데 석유를 주지 않으면 국가의 신용 등급은 떨어질 수밖에 없고, 국가의 신용 등급이 떨어지면 아무리 자원 부국인 사우디아라비아라 해도 여러모로 불편해지는 게 많으니까.

"그런데 그런 건 마이스터에서 알아서 하면 되는 거 아닙니까?"

"아, 이번 선물 확보는 마이스터의 자산이 아니라 오로지 미다스의 개인 자산만으로 이루어질 예정이라서요."

"네? 미다스의 개인 자산요?"

"네."

순간 무태식의 얼굴이 핼쑥해졌다.

"도대체 돈이 얼마나 많은 거야……."

그 말에 노형진은 그냥 웃고 말았다.

아마 자신과 비교할 수 있는 사람들은 진짜로 사우디 왕가뿐일 테니까.

'내가 가진 유정과 가스 광구에서 생산량을 늘리고 이렇게 원유와 가스를 선물로 확보해 두면 그나마 좀 버티겠지.'

자원이 무기가 된다.

이는 러시아가 전쟁을 일으키고 확실하게 전 세계가 경계하게 되는 원인이 된다.

심지어 중국과 사우디아라비아까지 자원을 무기 삼아서 휘두르기 시작하자 전 세계에서는 사실상 자원을 주축으로 한 2차 냉전 시대가 펼쳐진다.

'그걸 막기 위해서라도…….'

물론 완벽하게 막기는 힘들 거다.

하지만 최소한의 자원만 확보해 둘 수 있다면 그로 인해 국민들이 고통받는 걸 어느 정도 해결할 수 있을 거다.

"그 정도면······."

아무리 사우디아라비아가 외부에 폐쇄적인 국가라고 해도 이 정도 선물거래는 절대로 작은 규모가 아니다.

더군다나 미다스가 직접 개인 거래를 한다는 것은 그들로서도 상당히 중요한 일.

"그 정도면 웬만하면 안전은 보장받을 수 있을 겁니다."

"그 와중에 구출 작전을 할 시간이 있을까요?"

"해 봐야지요."

노형진은 쓰게 웃으며 말했다.

사우디아라비아. 전 세계에서 가장 부유한 나라.

하지만 그 이상으로 폐쇄적인 나라다.

"뜨겁네요."

"진짜 뜨겁네."

작열하는 태양이라는 게 뭔지 느껴지는 환경이었다.

"그나마 습도가 낮으니 망정이지, 습도마저 높았으면 진짜로 난리가 났겠네요."

"아마 그랬으면 여기는 매일같이 내전이 터졌을걸요."

"농담이 아니겠네요."

더운 데다가 습도까지 높으면 사람의 스트레스 지수는 높아질 수밖에 없고, 그걸 외부로 풀어내고 싶어 할 건 당연한 일이니까.

"미스터 노, 잘 지내셨습니까?"

"저야 뭐 잘 지내죠. 투란 씨도 잘 지내셨죠?"

"네. 가시죠."

투란은 민간 군사 기업 소속의 경호 팀이었다.

정확하게는, 과거 인디언 민간 군사 기업이다.

인디언 민간 군사 기업은 마이스터가 얼마 전 창설한 아레스 밀리터리 그룹과 통합되고 난 후로도 여전히 경호 업체로 잘나가고 있다.

"호텔은 확보했고, 그에 따른 경호 준비도 해 놨습니다."

"잘하셨습니다."

"좋은 방을 빌려 놨나 봅니다."

노형진은 무태식의 말에 피식 웃었다.

하긴, 생각해 보니 무태식에게 말을 한 적이 없었다.

"아, 네. 뭐, 좋은 방을 빌렸죠. 5개를 빌렸거든요."

"뭔 방을 5개나 빌려요?"

"아니요. 방을 5개 빌린 게 아니라 5개 층을 빌린 겁니다."

"네?"

"안전을 위해서는 어쩔 수 없습니다."

"그 정도로 위험한가요?"

"뭐, 위험하다면 위험한 거고, 사실 이건 일종의 기 싸움을 위한 준비이기도 해서요."

내가 이 정도로 재력이 넘친다는 것을 보여 주기 위한 하나의 쇼다.

실제로 사우디아라비아의 왕세자는 한국에 들어올 때 아예 호텔 전체를 전세 내기도 했으니까.

"1개 층만 빌려도 되지 않나요?"

"총기만이라면 그래도 됩니다만, 폭탄이 동원될 가능성도 있으니까요."

"아아~."

1개 층만 빌릴 경우, 기습하려는 사람이 바로 아래층에 방을 빌린 다음 천장에 폭탄을 붙여 위층을 날리는 것도 가능하다.

물론 그럴 일은 거의 없고 그 정도 되는 호텔에 그 정도 보안도 안 되어 있을 가능성은 없지만, 그럼에도 불구하고 혹시 모를 사태란 언제든 대비할 필요가 있다.

"그러면 3개 층만 해도 될 것 같은데."

"보안이란 그런 거죠. 대비의 대비라고 할까요?"

3개 층만 빌리면, 1개 층을 뚫고 올라온 다음에 바로 다음 위층으로 올라갈 수 있다.

하지만 5개 층을 빌리면 또 한 번 천장을 뚫어야 하는데, 그 준비에 못해도 10분은 걸릴 테니 그사이 당사자는 안전하게 피난하거나 다른 사람들이 범인을 제압할 수 있다.

"사실 보안이라는 것도 결국은 한계가 있지만요. 일종의 쇼의 의미도 있습니다."

막말로 누군가 비행기를 탈취해서 9.11테러처럼 들이박기라도 한다면 건물을 통째로 빌린다고 한들 무슨 의미가 있겠는가?

"쇼라……. 부자들의 세계는 이해하기가 어렵네요."

"이룩한 게 많으니까요."

노형진은 그렇게 말하면서 공항에서 미리 대기하고 있던 리무진으로 향했다.

그 리무진 앞뒤로 붙어 있는 여섯 대의 차량들.

"설마 저 차량들 모두 경호 차량인가요?"

"맞습니다. 한 대에 네 명씩 타고 있죠."

심지어 그들은 모두 완전무장을 한 상태다.

"사우디가 그 정도로 치안이 안 좋던가요?"

"쇼라니까요."

노형진은 어깨를 으쓱했다.

그리고 차량에 올라타면서 말했다.

"그리고 그 쇼를 잘해야 우리가 구출의 기회를 잡을 수 있을 겁니다."

협상 자체는 어렵지 않았다.

사실 노형진이 오기는 했지만 모든 업무를 노형진이 다 하는 건 아니다.

미리 사람을 보내서 대부분 협상해 두고 결정권자는 중요한 결정을 마무리한 후 사인만 하는 게 일반적이기 때문이다.

"협상장에서 막 따지고 그런 건 줄 알았는데요."

"전혀요. 사실 이런 건 보통 아래에서 다 준비해 둡니다."

예를 들어 대통령이 해외에 가서 외교 순방의 효과로 무슨 협정을 했다든가 아니면 무슨 대화를 했다고 보도되는 것들은 대통령이 직접 이룩한 게 아니다.

보통은 아래에서 미리 방문해 협상하고 사인할 차례만 남겨 두든가, 특정 인물과 만났을 때는 무슨 대화를 하자는 식으로 정해 둔다.

만일 서로 그런 협의도 없이 갑자기 조약을 맺자고 한다거나 처음 보는 사이인데 정상회담을 제안한다거나 또는 정상회담 중에 돌변해서 '너희 나라 인권 개판이라며?'라고 따지는 건 그냥 싸우자는 뜻이다.

"그러면 왜 온 겁니까? 그 정도는 다른 사람들을 통해서 하면 되는 거 아닌가요?"

"장기 플랜 때문에 그렇습니다."

"장기 플랜요?"

"네. 미다스의 이름을 빌려서 미래를 대비하는 거죠."

"흠, 무슨 뜻인지 모르겠네요."

"그냥 그런 게 있습니다."

사실 노형진은 단순히 사인만 하기 위해 사우디아라비아에 방문한 게 아니다.

500억 달러, 한화로 약 63조 원.

절대로 적은 돈은 아니지만 전 세계적인 에너지 소비량을 감안하면 터무니없이 적은 양이 확보될 뿐이다.

그럼에도 불구하고 노형진이 이렇게까지 하는 이유는 그렇게 함으로써 다른 투자자들을 자극하기 위해서다.

'미다스라는 이름은 절대적인 힘을 가지고 있으니까.'

아직 아무것도 보이지 않는 상황에서 갑자기 미다스가 뭔가에 투자한다?

그걸 다른 사람들은 어떻게 받아들일까?

당연히 일부는 미다스가 뭔가 알 거라고 생각할 테고, 그러면 그들도 미다스처럼 투자하려고 할 가능성이 크다.

그리고 미다스와 마찬가지로 선물 투자를 할 거다.

미다스의 이름으로 이루어진 투자는 거의 실패하지 않았으니까.

그나마 실패한 것도, 알면서도 상대방을 엿 먹이기 위해 일부러 한 짓이라는 게 정설이다.

그렇게 선물을 거래하고 나면 사우디는 그만큼의 원유를 뽑아내서 줘야 한다.

만약 선물거래소를 통해서 거래했다면 유통권을 통제하는

수준에서 그치겠지만, 지금과 같이 사우디아라비아와 직접 계약을 체결하면 원유를 주지 않을 수가 없으니까.

즉, 감산을 한다고 해도 그 부분에 관해서는 터치를 못 한다는 소리다.

그렇기에 노형진은 미래를 위해서라도 충분한 투자를 통해 에너지를 확보할 생각이었다.

"그래서 이렇게 요란하게 온 겁니까?"

"맞습니다."

보통 노형진이 미다스를 대신해서 뭔가를 할 때는 조용하게 처리하는 편이다. 사람들의 시선을 피하기 위해서.

하지만 이렇게 무려 호텔 5개 층을 빌려 가면서 계약하러 오면 사람들의 시선에 안 걸릴 수가 없다.

즉, 사우디를 비롯한 에너지 국가들의 자원을 조금 더 미리 확보하려는 분위기가 조성될 거다.

'그런다고 문제가 해결되는 건 아니지만.'

그래도 어쩔 수 없다. 애초에 그건 개인이 어찌할 수 있는 범위를 벗어난 규모의 일이니까.

그저 협상이 마무리되면 사인을 하는 것으로 노형진이 할 수 있는 일은 모두 끝나는 셈이다.

이제 노형진이 해결해야 할 진짜 문제는 바로 강지아다.

"자, 그러면."

호텔로 들어가고 나서 노형진은 투란에게 시선을 돌렸다.

"본격적으로 일 이야기를 해 보죠. 투란, 혹시 케람의 저택에 대해 알아낸 게 있습니까?"

혹시 모를 도청 문제를 막기 위해 이미 이곳을 이 잡듯이 뒤져 둔 상황.

그러니 누군가 도청할 가능성은 없다고 봐도 무방하다.

그랬기에 노형진은 돌려서 이야기하지 않았다.

"전혀 없습니다. 지독할 정도로 폐쇄적이더군요."

"아예 접근하는 것 자체가 불가능합니까?"

"그렇습니다. 내부의 별실로는 접근이 불가능합니다."

한국의 저택과는 비교할 수조차 없는 규모와 크기를 자랑하는 저택이었다.

"일단 주요 생활공간은 담에서 100미터 정도 떨어져 있습니다."

"이유는 알겠네요."

저택의 경우 마당을 넓게 설계하는데, 다름 아닌 보안을 위해서다.

마당이 넓으면 저택에 몰래 들어오려는 사람은 그 모습을 드러낼 수밖에 없으니까.

"그리고 그곳에는 사각 없는 카메라가 설치되어 있습니다."

"그것뿐입니까?"

"아니요, 더 있습니다. 입구는 하나뿐인데, 당연히 스물네 시간 경비원이 지키고 있습니다."

이것이 법이다

담을 넘는 것? 그건 불가능하다.

물론 아무리 높아 봤자 담은 담일 뿐이라고 생각할 수 있다.

하지만 담에서 5미터 위까지 철조망도 아닌 레이저 감지 장비가 있다.

즉 담벼락 높이에 5미터를 더해 뛰어올라 넘어가야 한다는 뜻인데, 그게 가능한 사람은 없다.

"거기다가 안에서는 경비견을 대동한 경비원들이 계속 순찰을 돌고 있습니다. 2개 조로 돌기 때문에 사실상 개들을 피해서 안으로 들어가는 건 불가능합니다."

투란의 말이 계속되었다.

"또한 모든 창문은 방탄유리로 되어 있다는 제보가 있었습니다. 당연히 뭐 하나라도 열리면 바로 경보가 울립니다."

"관리실은요?"

"관리실은 본관 지하 2층에 위치하고 있습니다."

"가관이군요."

접근하기 위해서는 관리실의 전력을 차단해야 하는데, 거기에 들어가기 위해서는 본관에 접근해야 한다는 소리다.

어느 쪽이든 말도 안 되는 수준이다.

"경비 병력 자체가 많지는 않습니다만, 비상 상황이 터지면 5분 이내에 사우디 경찰이 출동하게 되어 있습니다. 그리고 경찰이 별도로 취소하지 않으면 20분 이내에 사우디군이 출동할 겁니다."

즉, 뭘 하든 25분 이내에 군이 출동한다는 뜻이다.

"물론 무력을 동원한다면 더욱 빠르게 군이 출동하겠지요."

그때는 경찰을 빼고 바로 군이 출동할 거다.

그러면 아무리 못해도 15분 이내에는 군이 출동하게 된다.

"그리고 말씀하신 대로 별관의 보안은 더더욱 삼엄하더군요."

"그런가요?"

"네. 물론 별관이 화려하기는 합니다."

정보에 따르면 4층짜리 건물은 방만 마흔 개가 넘으며, 지하에 수영장과 필라테스 시설 등이 두루 갖춰져 있어서 그 안에서 뭐든 할 수 있는 곳이라고.

한국의 재벌가들도 그렇게까지 하기는 힘들 정도로 화려하게 꾸며져 있다고.

"하지만 밖으로 나가는 건 아예 불가능하다고 봐도 과언이 아니더군요. 심지어 통로도 하나뿐입니다."

"통로가 하나뿐이라고요?"

"네. 지독하더군요."

일반적인 별관이라면 건물이 별개로 존재하며 당연히 입구도 따로 개방되어 있다.

하지만 케람의 저택에 마련된 별관은 본관의 뒷문으로만 출입할 수 있으며, 그 통로는 보기 좋게 유리로 만들어져 있다.

"당연히 그것도 방탄유리겠군요."

"맞습니다. 그것도 이중이고, 여닫는 기능은 없습니다."

즉, 예쁘게 보이기는 하지만 사실상 벽이나 다름없다는 거다.

"그리고 그곳을 통행할 수 있는 사람은 오로지 여자뿐입니다. 남자는 케람 알 사우디드 본인뿐이고요."

사실상 화려한 감옥이라는 소리다.

"그리고 저희가 얻은 마지막 정보에 따르면, 모든 아내에게는 한 명당 하나의 방이 제공된다고 하더군요."

"방이야 많으니까요."

방 숫자가 마흔 개라고 하니 그러고도 남을 거다.

"이거 완전……."

이야기를 다 들은 무태식의 얼굴이 핼쑥해졌다.

그도 그럴 게 이런 걸 이미 어디서 많이 봤으니까.

"혹시 납치 감금 조교 막 그런 거 아닙니까?"

"아닙니까가 아니라 그게 맞는 것 같은데요."

만일 다른 사람이 이 짓거리를 했다면 바로 끌려가서 사형당했을 거다.

하지만 케람은 교묘하게 법을 이용해서 결혼하고 사실상 아내들을 유폐시키고 있는 상황.

"아니, 왜 이렇게까지 하는 겁니까? 이혼하면 남남이라면서요?"

"음…… 그게 말입니다, 《코란》 때문입니다."

"네?"

"웃긴 게, 자칭 이슬람원리주의자라는 놈들이 가장 많이 어기는 게 《코란》이거든요."

　노형진은 쓰게 웃으며 말했다.

　"《코란》에 따르면 분명 일부다처제는 합법입니다. 하지만
거기에는 조건이 있죠."

　그건 다름 아닌 모든 아내에게 공정하게 대해 줄 것.

　단 한 명도 소외받았다고 생각하지 않게 할 것.

　만일 한 명이라도 소홀히 여겨져 소외받았다고 느낀다면
그 아내에게 막대한 배상금을 줘야 한다고 《코란》에는 적혀
있다고 한다.

　"심지어 아는 코란학자가 그러더군요. 《코란》에서조차도
그건 불가능하다고 한다고."

　일부다처제에서 아내를 네 명에 한정하게 된 이유도, 아무
리 돈이 많고 여유가 있어도 공정하게 사랑해 줄 수 있는 숫
자는 네 명이 한계이기 때문이라고 한다.

　"사우디아라비아는 이슬람 국가입니다. 《코란》이 우선시
되죠. 그런데 이런 행동은 《코란》에서 금지하고 있는 겁니
다. 그러면 어떻게 되겠습니까?"

　"아, 그렇군요."

　당연히 이건 심각한 문제로 취급받는다.

　여자의 인권이 낮은 것과 별개로 《코란》을 위반하는 것은
사우디에서도 아주 심각한 범죄로 취급받는다.

　"물론 왕자니까 법적인 처벌을 받지는 않을 겁니다. 그 대

신에 모든 혜택을 박탈당할 가능성이 크지요."

더군다나 그가 유일한 외동아들도 아니고 다른 아들도 있다면 더더욱 그럴 거다.

"아니, 이슬람원리주의자라면서요?"

"원리주의자라는 말은 속임수입니다. 법하고 마찬가지예요."

자기에게 유리한 것만 따르고, 자기에게 불리한 건 무시한다.

법도 마찬가지다.

조금만 밀린다 싶어도 법대로 하라고 고래고래 소리를 지르는 놈들이 넘쳐 나지만, 정작 법대로 해서 자기들이 불리해지면 법이 잘못되었다고 적반하장으로 따지고 든다.

"하긴, IS나 탈레반만 해도……."

예를 들어 《코란》에는 여자를 강간하지 말라는 구절이 있다.

그러면 이슬람이나 탈레반은 그걸 어떻게 피해 갈까?

간단하다.

강간하기 전에 결혼한다고 선포하고, 강간이 끝난 다음에 일방적으로 이혼한다고 선포한다.

그런데 이 정도라도 하는 놈들은 그나마 《코란》을 좀 아는 놈들이고, 대부분의 탈레반이나 IS는 그런 것조차 모른다.

그럴 수밖에 없는 게, 《코란》을 읽기 위해서는 글을 알아야 하는데 대부분의 이슬람 극단주의자들은 글을 모른다.

그렇다 보니 남이 읽어 주는, 즉 리더급이 해 주는 말이 《코란》의 진짜 내용인 줄 아는 것이다.

그리고 극단주의자들은 코에 걸면 코걸이, 귀에 걸면 귀걸이식으로 경전을 해석한다.

"한국만 해도 그런 놈들이 넘쳐 나지 않습니까?"

"하긴, 그러네요."

실제로 한국에서 소위 사이비가 하는 말들을 보면 새로운 교리를 창설해서 설파하는 게 아니라 자기 마음대로 기존의 교리를 짜깁기하고 기괴하게 해석해서 떠든다.

"이놈도 마찬가지인 거죠."

정확하게는, 그걸 어디 가서 떠들지는 않겠지만 신념으로 삼고 이용할 거다.

"하지만 본인도 아는 거죠, 그게 잘못되어 있다는 걸."

이혼과 결혼을 반복하는 행위에서부터 사실상 여자를 가두어 두고 성 노예로 삼는 건 그 자체만으로도 당연히 지탄받는 행위일 수밖에 없다.

"그러니까 그게 새어 나가지 못하게 필사적으로 막아야 한다 이거군요."

"네. 거기다가 의처증 징후까지 있으면 그냥 답이 없는 거죠."

왕자라는 특성상 접근도, 신고도 할 수 없는 게 사우디의 현실이다.

무태식이 조심스럽게 입을 열었다.

"이혼 소장을 우리가 제출하는 건 어떨까요? 아무리 그래도 법원을 통해 소장을 제출할 수는 있지 않습니까?"

"그래도 바뀌는 건 없을 겁니다."

왜냐하면 당사자의 동의나 합의 없이 이혼 소장을 내 봐야 결국 법원에서 바로 기각해 버릴 테니까.

"그에 반해 그는 남편입니다. 당연히 그의 대리권은 인정되니까요."

"그러면 방법이 없는 건가요?"

"법적으로는요."

더군다나 노형진은 한국 변호사이지 사우디아라비아의 변호사가 아니다.

하지만 무태식은 그의 말의 핵심을 놓치지 않았다.

"법적으로는요?"

"네. 최악의 상황이라면 최악의 방식을 쓰는 수밖에 없죠."

노형진은 어깨를 으쓱했다.

"뭐, 그건 비밀입니다. 후후후."

내가 나설 이유는 없지

　사우디아라비아는 중동의 패권국이다.

　미국에 반기를 들 정도로 강대하며, 돈으로는 절대로 당할 수 없는 국가가 바로 사우디아라비아다.

　사우디아라비아군이 전 세계에서 가장 무능한 군대로 유명한 것과는 별개로 말이다.

　어쨌거나 그런 사우디아라비아에도 대항하는 곳이 없지는 않다.

　다름 아닌 예멘의 반군이다.

　사우디 아래, 아라비아반도 끝에 위치한 예멘은 사실상 두 개의 국가나 마찬가지다.

　예멘과, 후티 반군 세력으로 나뉘어 있기 때문이다.

사우디아라비아는 그중 후티 반군과 싸우는 중이었다.

시아파의 박멸을 위해, 같은 수니파인 예멘군을 도와 시아파인 후티 반군과 전쟁을 하는 것이다.

"이게 뭔 병신 짓이야? 내가 진짜 큰 거 한 방만 아니었으면……."

남상진은 이를 박박 갈았다.

그도 그럴 게 그는 브로커지, 협상 전문가도 변호사도 아니니까.

"그래도 이거 공짜로 하는 건 아니잖아? 솔직히 후티 반군이 브로커한테 딱히 나쁘게 할 것도 아니고."

남상진을 데리고 그들의 은신처로 향하던 남자가 피식 웃었다.

그는 핫산이라고 불리는 남자로, 이 지역에 무기를 팔아먹는 브로커였다.

"끄응, 그렇지."

후티 반군은 스스로를 공식적인 군대라고 주장하고 있다.

후티 반군의 목적은 시아파 이슬람 국가의 건설이다.

하지만 현실적으로 시아파 국가로 인정되는 나라는 오로지 이란뿐이다.

물론 이란에서 은밀하게 지원해 주기는 하지만, 이란도 자기도 죽을 것 같은 상황이라 한계가 있다.

"그나마 다행인 건 후티 반군이 자칭 군대라는 거지."

핫산의 말대로 후티 반군은 스스로를 반군이 아닌 제대로 된 군대라고 주장하는데, 실제로 그들의 전술적인 역량은 군대에 준하는 수준이다.

어떻게 보면 사우디아라비아군보다 더 낫다고 할 수 있다.

사우디아라비아 군대는 총소리가 나면 탱크와 기갑을 버리고 내빼는 수준이니까.

"도대체 사우디 놈들은 뭔 생각을 하는 거야?"

"나야 모르지."

"끄응."

상식적으로 조금만 생각하면 사우디 같은 돈 많은 나라가 전폭적인 수준을 넘어서 군대까지 직접 보내 줄 정도로 밀어 주는데 아직도 반군 하나 정리하지 못한 것만 봐도 예멘과 사우디군이 얼마나 무능한지 알 수 있다.

"중요한 건 돈이 된다는 거지."

히죽 웃는 핫산의 말에 남상진은 쓰게 웃었다. 그건 사실이니까.

실제로 후티 반군은 스스로 군대라 주장하면서 자체적으로 규칙을 만들고 집행하고 있다.

확실히 이슬람 계통의 다른 반군과 다른 모습을 보이고 있기는 하다.

'뭐, 도긴개긴이지만.'

하지만 그게 그들이 문명화된 군대라거나 진짜 제대로 된 군대라는 의미는 아니다.

도리어 그들은 다른 반군들에게 마냥 극단적인 이슬람 사상을 강요하고 시아파 계열의 국가 건설을 목표로 한다.

그들이 그렇게 군대로서 행동하는 이유는 IS 같은 수니파 무장 단체와는 다르다는 걸 어필하기 위해서다.

그리고 반인륜적 행위가 미국이나 다른 강대국을 자극해서 그들이 끼어들 여지가 있기 때문이다.

실제로 이라크 전역을 지배하며 잘나가던 IS도 반인륜적 행위로 인해 결국 현재는 몰리고 몰려서 반군 수준으로 쪼그라들지 않았던가?

'노형진이 그랬지?'

약자는 선한 게 아니라 그저 아직 악해질 기회를 잡지 못한 사람들일 수 있다고.

선과 악은 가진 힘이나 돈에 비례하는 게 아니라 인간성에 비례한다고.

'내가 봐서는 결국 이놈들도 동류인데.'

결국 이들도 다른 규칙은 완전히 무시하는, 오로지 종교뿐인 나라를 세우겠다고 지랄인 놈들이라는 걸 남상진은 알고 있었다.

"그런데 진짜로 무기 팔러 온 거 아니지?"

핫산은 꺼림칙한 얼굴로 말했다.

이 지역이 그의 구역이기는 하지만 무기 브로커로서의 능력이 더 좋은 건 자신이 아닌 남상진이니까.

그가 제공할 수 있는 건 뻔한 AK 계열의 소총이나 소수의 대전차미사일 정도다.

그에 비해 남상진은 얼마 전 마이스터 민간 군사 기업에 다수의 장거리 무기와, 아무리 구형이라지만 건십까지 제공했다.

"아니야. 그럴 생각 없어."

물론 팔려고 하면 팔 수도 있을 거다.

노형진이 자기한테 무기를 팔지 말라는 소리는 하지 않았으니까.

'하지만 지금은 아니지.'

큰 거 한 방이 눈앞에 있는데 자잘한 소총 몇 정 팔면서 돈을 묶어 둘 생각은 전혀 없었다.

"도리어 무기를 살 돈을 줄 생각이야."

"진짜로 하려고? 어이가 없네."

"어쩌겠냐. 우리는 브로커잖아."

단순히 무기를 중개해 주는 것만이 아니라 필요에 따라서는 의견이나 조건을 전달하기도 하는 게 브로커다.

"의뢰를 받았으니 해야지."

"뭐, 내가 보기에도 후티 반군이 거절은 안 할 것 같다만."

만일 턱도 없는 소리였다면 아무리 그가 소개시켜 주는 사람이라고 해도 후티 반군이 살려 두지 않겠지만, 조건 자체는 나쁘지 않았다.

하지만 아무리 생각해도 무기 브로커가 할 말이 아니라는 점이 이상했다.

"도대체 뭐 먹을 게 있다고 이런 귀찮은 일을 하는 거야?"

핫산의 말에 남상진은 더 이상 입을 열지 않았다.

자기 먹을 거에 다른 사람이 붙는 건 사절이었다.

그러는 사이에 그들은 약속된 장소에 도착했다.

물론 진짜 반군의 야영지라거나 하는 곳은 아니었다.

사막 한가운데에 놓인 허름한 천막이 전부였다.

그럴 만도 했다. 어떤 조건인지도 모르고 상황 자체가 함정일지도 모르는데 덥석 남상진을 본진이나 아지트로 데려갈 정도로 후티 반군은 멍청한 집단이 아니었다.

"오랜만이오, 핫산."

"잘 지냈소, 아부슈."

물론 저 아부슈라는 이름도 가짜일 거다.

하지만 누구도 그걸 이상하게 생각하거나 딱히 걸고 넘어지지 않았다.

이곳에 있는 사람들 중에서 실명을 쓰고 편하게 살아갈 만한 사람은 그나마 합법 영역에서 활동하는 남상진뿐일 테니까.

"그래, 거래할 게 있다고?"

"그렇습니다."

"동양인이 우리와 거래할 게 뭐가 있지?"

아부슈라고 불린 남자는 사나운 눈빛으로 남상진을 노려보았다.

'확실히.'

이슬람 반군답게, 이교도에 대한 시선이 차갑다 못해 사람 취급도 안 하는 눈치였다.

'하긴, 핫산도 시아파가 아니었으면 살아남지 못했겠지.'

그만큼 이교도에 대한 이들의 증오는 엄청나게 강했다.

"우리를 대신해서 전 세계에 하나의 정보를 공개해 줬으면 합니다."

"당신들을 대신해서?"

"그렇습니다."

"당신들이 누군데?"

"그건 아실 거 없고요."

"미안하지만 그런 위험한 짓거리는 하고 싶지 않은데."

만일 테러를 저지른 후에 그걸 자기들이 했다고 주장해 달라는 거라면 그건 자폭이나 마찬가지다.

후티 반군이 그나마 다른 나라의 표적이 되지 않는 건 당당하게 예멘군 그리고 사우디군하고만 싸우기 때문이다.

만일 다른 나라에 IS인 양 미친 듯이 테러를 한다면 당장이라도 머리 위로 미국제 미사일이 우수수 떨어질 거다.

"테러나 사회적으로 나쁜 건 아닙니다."

"그러면?"

"사우디아라비아의 범죄에 대한 이야기죠."

"사우디의 범죄라고?"

그 말에 아부슈가 눈을 번뜩거렸다.

후티 반군에 있어서 사우디는 철천지원수였다.

그들이 없었다면 사실 예멘은 벌써 오래전에 시아파의 손에 들어왔을 것이다.

농담이 아니라 진짜로 그렇다.

정부군은 사우디의 지원을 받으면서도 후티 반군을 박멸하지 못하는데 그마저도 없다면 어떻게 되겠는가?

"정확하게는, 사우디 왕자의 범죄입니다."

"사우디에 왕자가 어디 한둘이야? 거기는 길바닥에 굴러다니는 게 왕자야."

"그 정도는 아닙니다만."

하지만 그래도 엄청나게 많은 왕자가 있는 건 사실이다.

왕가의 핏줄인 남성은 죄다 왕자라고 부르니까.

"중요한 건 그의 범죄를 외부에 드러내야 한다는 거죠."

"뭔데?"

"그의 집에 수많은 여성들이 잡혀 있습니다."

그 말에 아부슈는 코웃음을 쳤다.

"그게 뭔 문제라고."

수니파나 시아파나, 결국 여성의 인권은 바닥에 처박혀 있는 게 바로 이슬람이다. 그러니 애초에 그런 일이 문제라고도 생각하지 않는 것이다.

그리고 이걸 공개해 달라고 해 봐야 안 할 게 뻔하다.

왜냐하면 이슬람이라는 특성상 결국 자기 얼굴에 침 뱉기이기 때문이다.

"압니다. 하지만 국적이 다르다면 이야기는 달라지지요."

"국적?"

"그렇습니다. 현재 그곳에 한국인이 잡혀 있습니다."

순간 아부슈가 멈칫했다.

"한국인이 잡혀 있다고?"

"그렇습니다. 강제로 말이죠."

"그래서?"

"그걸 전 세계에 공개해 주셨으면 합니다."

남상진의 말에 아부슈는 잠시 고민하는 듯 입을 다물었다.

그러더니 대뜸 물었다.

"그게 우리랑 무슨 관계가 있는데?"

"그걸 해 주신다면 적절한 지원을 해 드리지요. 저희 쪽에서 무기를 구입해 드릴 수 있습니다."

"무기를 구입해 준다고?"

"네. 사우디에서 넘겨준 신형 무기가 있을 텐데요?"

그 말에 아부슈는 이빨을 드러냈다.

"똑똑하네."

"손해는 안 보는 타입이라서요."

실제로 사우디에서 그들에게 무기를 넘겨주는 건 아니다. 하지만 그 정도로 무능한 게 사실이다.

총소리가 나거나 죽을 것 같으면 죄다 버리고 내빼니까.

심지어 한국에는 아직 다 공급되지도 못한 K2C1 소총이 사우디아라비아군에 넘어갔다가 그들이 버리고 가는 바람에 후티 반군에 넘어갔을 정도다.

"우리가 쓸 거라고는 생각 안 하나?"

"일부는 쓸 수 있겠지요. 하지만 솔직히, 전부 쓸 수는 없잖아요?"

사실이다. 지금 후티 반군이 쓰는 AK 계열의 소총은 7.62 밀리 탄이 들어간다.

그런데 사우디군에게서 얻은 K2C1 소총의 경우에는 5.56 밀리 표준 나토탄이 필요하다.

즉, K2C1 소총을 쓰기 위해서는 지속적으로 5.56밀리 탄을 공급해야 하는데, 그건 쉬운 일이 아니다.

그나마 총알은 구하기라도 쉽지만, 사우디아라비아군이 버리고 가는 건 총만이 아니다. 장거리포에, 심지어 미국의 에이브람스 전차까지 죄다 버리고 간다.

'오죽하면 후티 반군 최대의 무기 지원국이 사우디아라비아라는 말마저 나올까.'

문제는 그런 게 모두 후티 반군이 쓸 수 있는 게 아니라는 거다.

현실적으로 제공권이 장악당한 상황에서 소수의 대포나 탱크의 운영에는 한계가 있는 데다, 조종법 자체가 달라 운전조차 불가능하다.

그래서 그런 건 발견해 봤자 대부분 폭파시켜 버릴 뿐이다.

"하지만 우리가 사 간다면,돈 좀 되실 겁니다."

"마이스터 민간 군사 기업에서 사 가겠다 이건가?"

"그건 비밀이죠."

물론 그걸 마이스터로 가져갈 수는 없다.

'하지만 조만간 쓸 곳이 있단 말이지.'

그것도 엄청나게 필요한 곳이 말이다.

"좋아, 마음에 들어."

어차피 자신들은 쓸 수 없는 무기다. 그러니 그걸 팔아서 자신들이 쓸 수 있는 무기를 사는 게 차라리 후티 반군에는 도움이 된다.

"그래서, 우리가 떠들어야 하는 게 뭔데? 일단 들어나 보고 결정하지."

아무리 나름 괜찮은 이야기라고 해도 조건이 터무니없으면 받아들일 수는 없는 노릇.

남상진은 조건을 말했고, 아부슈는 고개를 절레절레 흔들었다.

"이해가 안 가는군. 고작 계집 하나 때문에 여기까지 왔다는 건가?"

"뭐, 사람 나름이겠지요."

"그런데 그걸 우리가 떠든다고 해서 뭐가 달라진다는 건지 모르겠군."

"중요한 건, 달라질 수밖에 없다는 거죠."

달라질 수밖에 없다. 그건 생각보다 무거운 말이었다.

"사우디아라비아에서 이슬람 율법은 절대적이니까요."

그리고 그 율법상의 문제가 생겼을 때 사우디아라비아가 취할 수 있는 선택지는 그다지 많지 않았다.

⚖

얼마 후 후티 반군의 인터넷 채널에 완전히 뜬금없는 영상이 올라왔다.

후티 반군과 같은 이슬람 반군은 종종 자신들의 채널에 자기들의 우월성이나 세뇌 작업과 같은 것에 대해 발언하는 영상을 올리기에 그런 행위가 이상한 것은 아니었다.

하지만 그 내용이 문제가 되었다.

그도 그럴 것이, 이번 영상은 엉뚱하게도 한국을 대상으로 삼고 있었기 때문이다.

한국 사람들은 어리둥절해졌다.

─뭐냐, 저거?

─그러게.

한국산 군복에 한국산 K2C1 소총을 들고 있는 후티 반군의 말을 들으면서 사람들은 어이없는 표정을 지었다.

─무능한 한국에 고한다. 자국 내 국민이 사우디 왕가에 강제로 구속되어 있는데 언제까지 모른 척하면서 무시할 것인가? 사우디 왕가가 두렵다는 이유로 자국민을 성 노예로 제공하고 무시하고 있는 한국 정부는 정신 차려야 한다. 사우디아라비아는 좋은 나라가 아니다. 우리와 함께 손잡고 사우디 박멸에 앞장서자.

인터넷의 그럴듯한 헛소리일 수도 있다.
하지만 좀 뜬금없기는 했다.
사우디아라비아도 아니고 그렇다고 예멘 정부도 아니고 전 세계도 아니고 미국도 아니고 뜬금없이 한국이라니.
당연히 인터넷상에서 한국인들의 관심이 쏟아졌다.

─저거 K2C1 아님? 나 짬밥 밀려서 못 썼는데.
─아니, 한국군도 못 쓰는 저 총이 왜 저 애들 손에 들려 있어?
─총이 중요하냐? 지금 사우디에 한국 사람이 성 노예로 잡혀 있다잖아.

처음에는 반향이 그다지 크지 않았다.

그럴 수밖에 없었다. 사람들이 관심을 가지기에 사우디아라비아는 너무 먼 나라인 데다, 한국과 사우디의 관계가 특별한 것도 아니니까.

하지만 그 방향을 바꾸는 것은 아주 간단했다.

"괜찮으시겠어요?"

"네, 괜찮습니다."

강구민은 심호흡하면서 말했다.

"얼굴이 팔리는 게 부담스러우시면 저희가 하고요."

서세영은 강구민에게 걱정스럽게 말했다.

아무리 친누나를 구하기 위해서라지만 대중의 앞에 나서는 건 쉽지 않다.

하지만 강구민은 단호했다.

"아닙니다. 피해자의 가족이 나서는 게 가장 확실하다면서요?"

"그건 그래요."

"그러니 제가 나서서 이야기해야 합니다."

"알겠습니다. 존중할게요."

"그러면 일단 일정을 잡도록 하죠."

노형진의 계획은 간단했다.

일단 관심을 이끌어 낸 후에 대한민국 정부를 압박하는 것.

당연하게도 대한민국 정부 입장에서는 이 정도로 일이 커지면 어떤 식으로든 제스처를 취해야 한다.

즉, 어떻게 해서든 피해자와 접촉해서 그녀의 의중을 듣고 이혼을 도와주든가, 아니면 오해였다고 발표하는 것 말고는 방법이 없다.

"일단은 저희가 기자들을 모을 거예요. 한 3일 정도 걸릴 거라고 생각해요."

"알겠습니다."

"내용은……."

노형진은 사우디에서 압박을 가하고, 남상진은 후티 반군에 협상을 걸고, 서세영은 한국에서 피해자 가족을 케어한다.

이 3단계를 거치는 게 과정의 핵심이었다.

"그러니까 그 후에 저희가 나서서 이야기하면……."

서세영이 막 강구민에게 이야기하려고 하려는 찰나, 갑자기 문이 열리면서 민시아 변호사가 들어왔다.

"서 변호사, 잠깐 나 좀 볼까?"

"아, 언니. 어쩐 일이세요? 급한 일 아니면 나중에 이야기하시는 게 좋을 것 같은데."

의뢰인이 있는데 그를 무시하고 변호사끼리 이야기하는 건 실례였기에 서세영은 민시아에게 조금 기다려 달라고 말했다.

하지만 민시아는 다른 이유 때문에 온 게 아니었다.

"아니 그게, 이번 의뢰인 분도 좀 들어 보셔야 할 게 있어서."

민시아의 말에 서세영뿐만 아니라 강구민도 의아한 표정으로 그녀를 쳐다보았다.

"네?"

"무슨 일입니까?"

"방금 인터넷에서 이슈가 된 게 있어."

"이슈요?"

"그래. 지금 빠르게 퍼지고 있는데……."

그녀는 곤혹스러운 얼굴로 핸드폰을 꺼내 들어 두 사람에게 건넸다.

어떤 사람이 쓴 글이 올라와 있었다.

–저희 언니 좀 구해 주세요. 사우디아라비아에 끌려간 뒤로 5년째 연락 두절되었습니다.

"뭐야, 이거?"

그 글을 본 서세영은 당황했다.

그런 서세영에게 민시아가 물었다.

"이거 혹시 알아?"

"아니요. 전혀요."

서세영은 그렇게 대답하면서 강구민을 바라보았다.

"혹시 이번 사건에 대해 말씀하신 곳이 있나요? 대신 말해 주거나."

"아니요. 저희 형제 중에 누나 말고 여자는 없는데요. 친척들도 다 남자고. 더군다나 저희 누나는 실종된 지 4년 정도밖에 안 지났습니다."

그런데 이 사람은 5년이란다.

"잠깐만요."

서세영은 핸드폰을 받아 다시 꼼꼼하게 읽기 시작했다.

그녀의 표정이 점차 떨떠름하게 변해 갔다.

"왜 그러세요?"

"아무래도 다른 피해자가 있나 보네요."

"네?"

"같은 방식으로 당한 사람이 있어요."

5년 전, 사우디아라비아의 항공사에 취직한 언니가 현지에서 왕자라는 사람에게 청혼받고 결혼을 했다.

하지만 그 후로 어떤 연락도 되지 않았고, 심지어 죽었는지 살았는지도 알 수가 없는 상황이었다.

사우디 대사관에 이야기해 봤지만 대사관에서는 왕자에 관한 것은 국가 기밀이기에 알려 줄 수 없다고 선을 그었으며, 대한민국 외교부 역시 결혼해서 한국을 떠난 이민자는 자기 소관이 아니라면서 더 이상 오지 말라고 쫓아냈다고 한다.

"이거 완전히 똑같은 방식이잖아요?"

"다른 점이 있기는 하네요."

다만 한 가지 다른 점이 있다면, 왕자라는 놈의 이름이 케람이 아닌 자말이라는 것이었다.

"그럼 뭐야. 다른 가해자가 있다는 거야?"

민시아도 기가 막혀서 핸드폰을 바라보았다.

"일이 대체 어떻게 돌아가는 가지?"

"글쎄요."

그렇게 말하며 서세영은 눈을 찡그렸다.

"이거 생각보다 일이 커지는데요?"

"환장하겠네."

다급한 연락을 받은 노형진은 혀를 내둘렀다.

갑자기 다른 피해자가 나왔다. 그리고 그 피해자는 자신의 가족을 도와 달라고 했다.

심지어 더 큰 문제는, 추가 피해자가 두 명이라는 거다.

즉, 피해 여성이 세 명이라는 소리다.

더군다나 그들을 데려간 왕자도 다 다른 사람이다.

처음에는 작게 시작한 일이 이제는 사우디의 핵심 치부를 건드리는 일이 되어 버린 셈.

"아무래도 이런 일이 암암리에 이루어지고 있었나 본데요?"

"그렇겠죠. 아무래도 이슬람문화권에서 여성의 인권은 바닥이니까."

이것이 법이다

더구나 그들 입장에서는 이교도를 성 노예로 가지고 있는 게 일종의 자랑거리로 여겨질 수도 있다.

"하긴, 역사를 돌이켜보면 백인 노예들도 있었다고 하더 군요."

"음……."

노예라고 하면 사람들은 흑인만 생각한다.

하지만 그건 어디까지나 미국의 흑인 노예가 대표적인 예 시가 되어서 그렇지, 노예란 어느 시대 어느 장소에서도 존 재했다.

한국도 과거에 노비라는 이름으로 노예가 존재했다.

심지어 세계가 발전한 지금도 한국에 염전 노예 같은 게 존재하는데, 성 노예라고 존재하지 않을 리가 없다.

더군다나 역사적으로 이슬람 국가에서 자신의 부를 자랑 하는 가장 좋은 방법 중 하나가 바로 이교도 노예였다.

정확하게는 그 당시 백인 성 노예를 가지고 있는 게 가장 큰 자랑거리 중 하나였다.

"하긴, 자국민을 소유물로 생각하는 사우디아라비아에서 그런 미친놈이 나오지 말라는 법은 없겠지."

무태식은 질렸다는 듯 중얼거렸다.

"세 명이라……."

노형진은 갑자기 튀어나온 숫자에 놀라며 눈을 찡그렸다.

"노 변호사님이 봤을 때는 어떻게 될 것 같습니까?"

"이게 생각보다 심각해졌어요. 차라리 한 명만도 못하게 된 것 같네요."

"어째서요?"

"한 명이면 쉬쉬하면서 끝낼 수 있거든요."

그냥 그놈이 미친놈이라고 결론을 내리고 사우디에서 압박을 가해서 이혼시키고 여자를 돌려보내면 간단히 해결되는 문제다.

하지만 이제는 자칭 왕자라는 놈들이 세 명이나 연관되어 있다.

사우디 입장에서도 왕가를 처벌하는 모습은 보여 줄 수가 없다.

"사우디 왕가는 말 그대로 신성불가침입니다."

그들을 건드린다는 것은 있을 수 없는 일이다.

"한 명이야 협상의 대상이지만 세 명쯤 되면 협상할 수도 없게 된다 이거군요."

"맞습니다."

그런 자들이 세 명이나 나왔다면 왕가의 추문이 될 수밖에 없는데, 사우디 왕가는 그 사실을 절대로 인정하지 않을 테니까.

"더군다나 국력도 사우디아라비아가 훨씬 강력하니까요."

사실 그들은 석유라는 가장 강력한 무기를 쥐고 있다.

그런 만큼 그들은 누가 뭐라고 해도 신경 쓰지 않고 계속

자기 마음대로 행동할 것이다.

'실제로 그래 왔고.'

사우디 왕가에 있어서 자기 마음대로 안 된다는 건 용납할 수 없는 일이다.

"일이 이렇게 되면 한국 정부에 압박을 가해 입을 닥치게 할 가능성이 큽니다."

더구나 한국의 힘을 생각하면 그럴 가능성은 100%다.

가족들 입장에서는 이번이 가족을 구해 올 수 있는 유일한 기회라고 생각할지 모르지만, 현실은 오히려 진실이 공개되는 바람에 구출할 기회조차 잃게 된 것이다.

"환장하겠네."

노형진은 갑자기 돌변한 상황에 머리가 아파 왔다.

"협상을 하기 위해서는 일을 적당히 키웠어야 했는데."

하지만 이제는 너무 일을 키워 버려 도리어 협상의 여지가 없어져 버렸다.

"그러면 방법은 하나뿐인데."

노형진은 꺼림칙한 목소리로 중얼거렸다.

그러자 무태식은 혹했다.

"아직도 방법이 있다고요?"

"네, 아직은 방법이 있습니다. 정확하게는, 거의 유일한 방법이죠."

"뭔데요?"

"케람 알 사우디드에게 테러를 가하는 거죠."

그 말에 무태식의 얼굴이 노래졌다.

"그건 안 됩니다. 그가 아무리 명목상이라고 해도 왕가의 핏줄입니다."

사실 왕위 계승권을 따질 가치도 없을 만큼 낮기는 하지만 어찌 되었건 왕가의 핏줄이고, 사우디 왕가의 핏줄에게 테러를 한다는 것은 사우디아라비아와 전쟁을 하겠다는 소리나 마찬가지다.

"압니다. 그래서 이 방법만큼은 쓰고 싶지 않았던 거죠."

"아무리 그래도 테러를 하는 건……."

"아니요. 진짜로 테러를 가하는 게 아닙니다. 그렇게 보이게 만드는 거죠."

"그렇게 보이게 만든다고요?"

"네."

노형진은 쓰게 웃으며 말했다.

"어차피 사우디아라비아는 전쟁 중이니까요. 그리고 현재 사우디아라비아와 전쟁 중인 예멘의 후티 반군의 경우에는 자신들의 정당성을 세상에 어필하고 싶어 합니다."

실제로 후티 반군은 제네바협정에 따라 포로를 학대하지도 않고 또 노역에 이용하지도 않는다.

스스로를 후티 반군이 아닌 군대라고 칭하고 있으니까.

"설마 그들에게 테러를 가하게끔 하겠다는 건가요?"

"네. 다만 진짜로 하는 건 아니죠."

후티 반군에 진짜로 테러를 사주하면 나중에 복잡해질 수밖에 없다. 그러니 뻥카를 써야 한다.

"사우디아라비아 입장에서는 곤혹스러운 상황이 될 겁니다."

이 일이 정당성의 문제에 연관되어 커진다면, 정치적으로 복잡한 영역에 얽히게 되니까.

'자꾸 얽이는 건 별로인데.'

물론 노형진도 후티 반군과 연결되고 싶지는 않았다.

하지만 저쪽에서 뻔뻔하게 나온다면 노형진이 할 수 있는 건 결국 그것뿐이었다.

"일단은 그걸 미끼로 써 보도록 하죠."

⚖️

노형진은 바로 남상진에게 연락했다.

이미 최후의 수단에 대해 알고 있었던 남상진은 툴툴거리면서 다시 한번 아부슈를 만났다.

"어쩐 일이지?"

"일종의 재거래를 하고 싶어서요."

"재거래?"

"네."

남상진의 말에 아부슈가 의심스러운 눈초리로 쳐다보았다.

"설마 이제 와서 무기를 안 사 가겠다는 건 아니지?"

"아니, 천만에요. 그럴 생각은 없습니다."

"그러면?"

"일종의 함정을 같이 파 주셨으면 합니다."

아부슈가 의문스러운 표정을 지었다.

"함정이라면?"

"케람 알 사우디드를 포함해서 한국인을 성 노예로 데리고 있는 놈들에 대한 보복이라고 언급해 줄 수 있겠습니까?"

"미쳤군. 우리보고 테러를 하라고?"

그 말에 아부슈는 눈을 찡그렸다.

그들은 전쟁 중이지만, 그럼에도 불구하고 테러는 하지 않으려고 노력 중이다.

테러 단체가 아닌 군대로 보이기를 원하기 때문이다.

당연하게도 현재 후티 반군의 힘으로 사우디아라비아의 수도로 진격해서 들어갈 방법은 없다.

이를 반대로 말하면, 후티 반군이 보복할 방법은 오로지 테러 말고는 없다는 소리다.

"아니, 실제로 하라는 게 아닙니다. 그걸 요구하지도 않고요. 말 그대로 그렇게 언급만 해 달라는 겁니다."

"언급?"

"네. 한국 정부에서 꼬리를 말았거든요."

실제로 한국 정부에서는 실무단을 보내서 협상하겠다고

설레발을 치는가 싶더니 어느 순간 국내의 언론에서 관련 뉴스가 싹 사라졌다.

일부 사람들이 직접 그 뉴스와 관련된 글을 인터넷에 올려도 이상하리만치 반응도 없었고, 심지어 얼마 가지 않아 해당 글들까지 모조리 삭제되었다.

일부에서는 그걸 왜 지웠냐고 물어봤지만 돌아온 것은 국익을 위해 어쩔 수 없이 지웠다는 뻔한 거짓말뿐이었다.

'틀린 말은 아니지.'

사우디아라비아가 불편한 기색을 보이기라도 하면 한국의 경제는 흔들릴 테니까.

물론 한국이 기름을 사우디아라비아에서만 사는 건 아니다. 사우디아라비아보다는 다른 곳에서 사 오는 게 더 많다.

하지만 사우디아라비아는 기분 나쁘면 그 자금력으로 한국을 압박할 수 있는 나라고, 한국은 그런 사우디아라비아와 경제 전쟁을 할 정도로 강한 나라가 아니었다.

"그러면?"

"말 그대로 쇼만 해 달라는 겁니다. 그러면 사우디아라비아 입장에서는 둘 중 하나를 택해야 하거든요."

첫 번째, 잡혀 있는 한국인을 풀어 주고 위험을 해소한다.

두 번째, 후티 반군에 대한 전면적이고 대대적인 공세를 통해 상대방을 무너트린다.

"사우디아라비아의 자존심을 너무 만만하게 봤나 보군."

아부슈는 남상진의 말에 코웃음을 쳤다.

"그들은 무조건 두 번째를 택할 거다."

자기들의 치부를 드러내느니 차라리 두 번째를 선택해서 후티 반군을 토벌할 거다.

"지금 사우디아라비아에서 예멘 수니파 반군을 도와주고 있다지만 전면적으로 밀어주는 건 아니니까."

여기서 아부슈가 말하는 예멘 수니파 반군은 진짜 예멘군을 뜻한다.

이들은 스스로가 정부군이라고 주장하고 있으니까.

"하지만 왕가를 건드리면 전면적으로 나설 거야."

사우디아라비아에서 전면적으로 공격을 시작하면 아무리 후티 반군이 저항한다 해도 여러모로 힘들 게 뻔하다.

물론 그간 사우디아라비아군의 전투력을 보면 자기들이 밀릴 정도는 아니겠지만 말이다.

"고작 왕자 몇 명을 위해 전면전에 나서지는 않을 텐데요?"

"그건 그렇지. 하지만 증원은 확실하게 하겠지."

그건 어떻게 해서든 예멘에 시아파 국가를 세우고 싶은 후티 반군에는 그리 반가운 상황이 아니었다.

"그에 대한 대응책을 제시하지요."

"어떻게? 우리한테 무기라도 팔려고?"

"아뇨. 저희가 사우디아라비아군의 무기를 살 겁니다."

"뭐?"

그 말에 아부슈는 어이가 없다는 표정을 지었다.

"아니, 미친 건가? 사우디아라비아에서 네놈들에게 난데없이 무기를 왜 팔아?"

"물론 사우디아라비아에서는 안 팔겠지요. 하지만 병사들은 어떨까요?"

남상진은 씨익 하고 웃었다.

"생각보다 많이 팔걸요."

⚖

얼마 후, 후티 반군은 누구도 생각하지 못한 발표를 했다.

―자국민의 보호를 포기한 대한민국을 대신해서 우리는 만인에 대한 보호를 제공하기로 했다. 사우디아라비아는 당장 성 노예로 잡혀 있는 한국인을 석방하라. 그러지 않는 경우 우리는 성 노예를 잡고 있는 놈들에 대한 대대적인 공격을 시작할 것이다.

여기까지만 해도 후티 반군이 선을 넘는다는 생각은 들었겠지만 사실 어차피 반군이기에 어떤 해괴한 소리를 해도 딱히 이상하다고 볼 정도는 아니었다.

왜냐하면 자기들이 불리한 걸 아는 놈들은 이상한 소리를 많이 하기 때문이다.

그러나 그다음 말은 황당하다 못해 어이가 없는 것이었다.

　－현재 사우디아라비아 치하에서 노예처럼 일하는 병사들에게 말한다. 사우디의 무기를 가지고 항복하라. 해당 무기를 적당한 가격에 구입하겠다. 그리고 또한 제네바협약에 따라 본국으로 귀환할 수 있도록 최선을 다하겠다. 해당 무기의 가격은 다음과 같다. 미국 에이브람스 전차 200만 달러, 미국 아파치 500만 달러⋯⋯.

　사우디아라비아군은 이게 뭔 개소리인가 싶었다.
　적측인 병사들에게 자신들의 무기를 팔라니.
　대표적인 게 전차와 아파치이지만, 현실적으로 보면 말도 안 되는 개소리처럼 들렸다.
　더군다나 가격은 더더욱 말도 안 됐다.
　에이브람스 전차를 200만 달러, 약 25억 원에 그리고 아파치 헬기를 500만 달러, 즉 약 63억 원에 산다는 소리였기 때문이다.
　당장 에이브람스 전차의 가격이 일반적으로 350억 원이고 아파치 헬기의 가격은 500억 원이다.
　대충 10분의 1로 후려친 가격이었는데, 그 소리를 들은 사람들은 다들 비웃음만 날렸다.
　"이게 뭔 개 같은 경우야?"
　"그러게 말이야."

그러나 사우디아라비아에서는 당연히 발끈하면서 군의 투입을 늘렸다. 다른 건 다 참아도 왕가를 건드리는 행위에 대해서는 참지 않는 게 사우디아라비아니까.

당연하게도 사우디아라비아군은 추가로 파병을 했고, 갑자기 파병 대상이 된 사우디아라비아군 장교들은 짜증이 났다.

사우디아라비아군을 이끌던 압둘 이자반은 짜증스럽게 말했다.

"아니, 이게 말이 돼? 이런 무식한 새끼들을 데리고 어떻게 전쟁을 하라고."

"야, 이 무식한 새끼들아! 빨리 안 움직여!"

"네."

"하여간 무식한 새끼들은 때려야 움직이지."

사우디아라비아군의 병력 대부분은 용병이지만 장교는 당연히 사우디아라비아 사람으로 채운다.

그러나 그만큼 그들의 능력이 뛰어나냐면 대답은 "아니요."였다.

상식적으로 그들의 능력이 뛰어났다면 사우디아라비아군이 졸전으로 그렇게 유명해지지는 않았을 것이다.

"그나저나 이거 걸리는 거 아니야?"

"위에서 알겠어?"

사우디아라비아는 이슬람 국가답게 술을 금지하지만 그들은 천연덕스럽게 술을 마시면서 병사들을 다그쳤다.

"그런데 이렇게 기동한들 뭐가 나와야 말이지."

"그러니까."

사우디아라비아에서는 위력시위를 위해 무려 전차 대대를 동원했지만, 현실적으로 적이 어디에 있는지 알 수 없고 설사 안다고 해도 반군이라는 특성상 산속에 숨어 있다 보니 접근할 수도 없었다.

"이런 건 우리 기갑이 아니라 보병 부대에 있는 노예 병사 새끼들을 보내야 하는 거 아니야?"

"보병 애들이 지랄하니까 안 가는 거지."

"병신 같은 노예 새끼들. 돌격도 할 줄 몰라요, 하여간."

그들이 보기에 용병으로 고용된 사우디아라비아군은 무능하기 그지없었다.

"얼른 한 바퀴 돌고 오자고."

전차 대대를 끌고 한 바퀴 돌면서 위력시위를 하기로 한 상황에서 그들은 대충 빨리 돌고 와서 술이나 마시고 싶은 마음뿐이었다.

"전원 탑승."

그렇게 전차들이 출발하자 그들은 사방을 견제하면서 주변을 둘러보기 시작했다.

그러는 사이 전차는 거친 황야를 지나 주변을 수색했다.

사실 산악 지형에서 이건 미친 짓이나 마찬가지다.

하지만 애초에 말이 장교지 사실상 아무 능력 없는 사우디아라비아의 장교들이 귀찮다는 이유로 동선을 대충 짠 거다.

당연하다면 당연한 게, 사우디아라비아는 자국민에게 막대한 돈을 그냥 퍼 주는 나라다.

막대한 석유 판매금으로 엄청난 지원금을 주기 때문에 딱히 노력하지 않아도 살 수 있다.

설사 뭔가 한다고 해도 돈이 넘쳐 나고 정부의 지원을 받는 상황에서 어지간해서는 실패하지 않는다.

이는 즉, 일본과 마찬가지로 군대를 간다는 것 자체가 사회에서 도태된, 그래서 인정받지 못하는 놈들인 경우가 많다는 뜻이다.

사회에 여유는 넘치는데 사람은 부족한 상황이다 보니 군대에 가는 사람이 도리어 사회에서 자리 잡기 힘든 놈들인 경우가 많았다.

당장 한국만 해도 장교를 못 구해서 난리인데, 가만있어도 돈이 나오는 사우디아라비아에서 과연 목숨을 걸고 싸워야 하는 군대에 가고자 하는 사람이 얼마나 되겠는가?

그래서 그들은 장교로서의 재능도, 지휘 능력도 거의 없었다.

그저 대충 시간이나 때우면서 월급이나 두둑이 받고 싶어 할 뿐.

그러면서도 웃기게도 얼마 되지 않는 돈에 목숨 걸고 온 용병들에게는 사우디아라비아의 시민이자 또 막대한 자산가로서 심각한 선민의식을 가지고 대하고 있었다.

특히 이들처럼 용병을 병사가 아닌 노예로 인식하는 놈들이 많았다.

-여기가 어디야?

-글쎄. 여기가 어디지?

그렇게 한참을 달리던 장교들은 무전기로 통신하면서 이상하다는 생각을 했다.

-우리 순찰, 세 시간 코스 아니었어?

-그랬지.

-정지해 봐. 정지!

원래대로라면 세 시간 코스의 무력시위다. 그리고 이미 세 시간이 흘렀다.

당연하게도 늦어졌다고 해도 부대 주변이 보이든가 해야 하는데 아무리 봐도 보이는 건 광활한 대지뿐.

"뭐야? 여기 어디야?"

장교들이 모여서 지도를 확인하기 시작했다. 그러다 다들 눈을 찡그렸다.

"전혀 엉뚱한 곳이잖아?"

"그러게."

"아니, 씨팔. 선두 차량은 뭐 한 거야? 방향 잘 잡아야지!"

"잘 가는 줄 알았지. 내가 예멘에 와 본 적이 있어야지."

"미친 새끼들. 야, 돌아갈 기름 충분해?"

그러나 연료통을 살피던 장교가 고개를 저었다.

"유조차 불러야 할 것 같은데."

"환장하겠네. 이러니까 노예 새끼들은 믿는 게 아니라니까. 동서남북도 모르는 새끼들한테 뭘 맡긴다는 거야?"

그들은 병사들이 방향도 제대로 몰라서 길을 잃어버린 줄 알았다.

"돌아가면 흠씬 두들겨 패 주마."

"그래."

"일단 유조차부터 불러. 이거 반도 못 가게 생겼네."

애석하게도 미국제 에이브람스 탱크는 기름 먹는 하마라 제대로 된 지원 없이는 움직임의 제한이 심하기에 그들은 유조차를 부르려 했다.

"야, 빨리 가서 시동 걸어. 방향이 틀렸잖아!"

그들은 모여서 이쪽을 바라보고 있는 전차병들에게 소리를 버럭 질렀다.

하지만 전차병들은 그저 멀뚱히 이쪽을 바라보기만 할 뿐이었다.

"이 새끼들 뭐 하는 거야!"

"빨리 안 움직여?"

"이 새끼들이 미쳤나!"

그들은 평소처럼 눈을 찡그리며, 모여 있는 병사에게 다가가 뺨을 후려쳤다.

"어디서 병사 새끼가 눈깔을 치켜떠?"

압둘 이자반은 좀 떨어진 곳에서 그런 모습을 보다가 뺨을 맞은 병사의 눈을 보고 소름이 돋았다.

'뭔가 잘못되었다.'

그도 그럴 게, 보통은 그렇게 맞아도 잘릴까 두려워서 고개를 팍 숙이고 설설 기기 때문이다.

하지만 지금 그 병사는 웃고 있었다.

"이 새끼가? 죽으려고 환장했네. 어디서 이빨을 보여?"

화가 난 동료가 다시 한번 때리려 하자 압둘 이자반이 다급하게 그를 말렸다.

"그만해."

"뭐야?"

"그만하라고. 일단은 돌아가자."

"너 왜 그래?"

"아니, 그냥 좀 돌아가자고!"

도리어 압둘 이자반이 화를 내자 그제야 이상함을 느꼈는지 동료는 주변을 돌아보았다.

그리고 아차 하는 표정을 지었다.

지금까지와는 다른 사람들의 눈빛 때문이었다.

"크험, 그래. 가자."

동료는 다급하게 말을 바꿨다.

"……"

하지만 여전히 아무도 움직이지 않았다.

동료는 당혹감을 미소로 얼버무리려 애쓰며 재차 말했다.

"뭐 해, 가자니까! 가면 내 거하게 술 한잔 쏘지. 다들 기분 풀라고. 오늘 힘들었잖아?"

애써 말을 돌렸지만 이미 상황은 완전히 틀어진 뒤였다.

전차병들은 각자의 전차로 돌아가는 대신 총을 꺼내서 그들에게 들이밀었고, 그제야 상황을 알아챈 장교들은 얼굴이 노래졌다.

"너…… 너 이 새끼들! 이건 반역이야! 어? 반역이라고!"

"그래서 뭐?"

"뭐라고?"

"어차피 너희 아래에서 노예로 사느니 차라리 돌아가는 게 낫지."

"뭐?"

"안 그래?"

그렇게 말하며 동료의 머리에 총을 들이미는 부하.

"으악!"

동료는 다급하게 몸을 숙였고 그 위로 총알이 지나갔다.

물론 그 조준은 완전히 빗나가 있었기에 처음부터 죽을 가능성은 없었다.

"비싼 돈을 날려 버릴 수는 없지."

부하들은, 아니 부하였던 자들은 웃으며 장교들을 포박해 강제로 탱크에 올려 버렸다.

"뭐 하는 거야!"

"뭐 하긴. 너희를 팔아먹으려고 그런다."

"우리를 팔아먹겠다고?"

"비싸게 산다는 사람이 있다네?"

그 말에 압둘 이자반의 얼굴이 창백해졌다. 그게 누군지 알 수 있었으니까.

"출발."

그들을 태운 탱크들은 어디론가 향했고 한 30분 정도 가자 한꺼번에 멈췄다.

"조금만 더 가면 되는데."

"눈치는 더럽게 빨라요."

그 짧은 시간 열사의 태양에 바짝 마른 장교들을 끌어내린 병사들은 비웃음을 날리며 그들을 한데 모았다.

장교들은 벌벌 떨었다.

"사…… 살려 줘. 제발 살려 줘."

"걱정 마. 살려 줄게."

"살려만 주면 되나?"

"손이나 발 하나만 자르자."

"자를 거라면 손을 자르자. 저 새끼한테 맞은 걸 생각하면 아직도 이가 갈려."

용병들의 말에 장교들은 얼굴이 사색이 되었다. 진짜로 죽나 싶었으니까.

그러나 다행히 누군가가 그들을 말렸다.

"사지가 멀쩡해야 돈 준다잖아."

"아깝네."

"에이, 하나 잘라 버리고 싶었는데."

그랬다. 이미 이들은 비싼 가격에 장교들과 무기를 넘기기로 반군과 약속을 한 것이다.

사우디아라비아에서 목숨을 걸어 봐야 노예 취급이나 당하고, 죽어도 제대로 된 보상도 받지 못한다.

하지만 후티 반군은 돈을 주고 자국으로 돌려보내 준다고 했다.

200만 달러면 자신이 여기서 평생 일해도 못 벌 돈이다.

아니, 죽어서 받는 보상금도 그 10분의 1도 되지 않는다.

당연히 이들은 흔들릴 수밖에 없었다.

그나마 제대로 대우라도 해 줬다면 모를까, 매일같이 노예 취급하고 때리던 장교들에게 충성심이 생길 리가 없다.

용병이란 그런 거다.

적당한 대우를 해 주지 않으면 누구도 충성을 바치지 않는다.

"저기 온다."

그 순간 다가오는 몇 대의 트럭.

곧 무장한 후티 반군 몇몇이 내리더니 성큼성큼 다가왔다.

"이 멍청이들아! 너희들을 다 죽일 거야! 다 죽일 거라고!"

다급하게 압둘 이자반이 소리를 질렀지만 누구도 그 말을 듣지 않았다.

"너희에게 죽나, 여기서 죽나."

도리어 이죽거리는 그 말에 압둘 이자반은 할 말이 없어졌다.

그사이 가까이 다가와 탱크들과 잡혀 있는 장교들을 한번 쭉 훑은 아부슈는 이를 드러내며 웃었다.

"땡 잡았네."

무려 16대의 미제 탱크가 생긴 거다.

물론 자신들은 이 미제 탱크를 운영할 줄 모른다.

설사 운영하고 싶다고 해도 미친 듯이 기름을 먹는 이놈들을 운영할 능력이 안 된다.

'대신에 비싸게 팔아먹을 수 있지.'

마이스터에서는 은밀하게 이걸 자신들이 산 가격의 두 배 가격에 사겠다고 했다.

200만 달러를 주기로 했으니까 400만 달러. 대략 50억에 사 준다는 거다.

돈이 없어서 죽을 맛인 후티 반군에 있어서 이건 진짜 꿩먹고 알 먹기였다.

사우디군의 전력을 깎고 자신들의 전력을 늘릴 수 있는 기회 말이다.

"장교는 한 놈당 100만 달러 맞지?"

"정확해. 네 놈이니 400만 달러."

그 말에 이빨을 드러내며 웃는 용병들.

그 순간 그들의 머리 위로 거친 바람이 불어왔다.

고개를 든 사람들의 눈에 보인 것은 두 대의 아파치 헬기였다.

"으하하하, 이 새끼들! 다 뒈졌어!"

그걸 본 장교 한 명이 크게 웃었다.

탱크에게 헬기는 천적이다. 그리고 이렇게 가까이 다가온 이상 탱크는 절대로 헬기를 이기지 못한다.

"이 새끼들, 모조리 반역으로 참수해 주마!"

이를 드러내는 동료들.

하지만 압둘 이자반은 혼자서 입을 다물고 있었다.

그가 전략에 대해 잘 아는 건 아니었지만 헬기가 이렇게 낮게 날지 않는다는 것만은 알고 있었기 때문이다.

"이거 풀어 주는 새끼는 살려 주마!"

하지만 이미 자신들을 구하러 온 헬기라 확신한 동료들은 입을 나불거리고 있었다.

그러나 그런 분노에 찬 고함도 얼마 가지 않았다. 아파치 헬기가 천천히 내려서기 시작했으니까.

그런데 헬기는 마치 처음 착륙하는 것처럼 이리저리 휘청대고 움찔거리더니 간신히 넓은 곳에 착륙했다.

"아니, 미친!"

그걸 본 장교들은 얼굴이 창백해졌다.

"도대체 왜!"

대부분의 경우 아파치 같은 장비는 일반 병사가 몰 수가 없다. 애초에 아파치는 장교가 모는 거니까.

그 말은 자신들처럼 약탈의 대상이 될 수가 없다는 뜻이었다. 그랬는데…….

"정비병?"

헬기에서 내린 건 조종사 복장이 아니라 정비병 복장을 한 놈들이었다.

"아니, 어떻게 정비병이?"

"불가능한 건 아니지."

아부슈는 정신이 나간 듯 그 모습을 바라보는 장교들을 보며 피식 웃었다.

물론 복잡한 기동은 불가능하다. 아파치는 복잡한 물건이니까.

하지만 정비병에게는 매뉴얼이 제공되며, 거기에는 뜨고 날아가고 착륙하는 것에 대한 기본적인 지식이 들어 있다.

이윽고 다가온 정비병들이 이빨을 드러내며 웃었다.

"헬기 두 대. 맞지?"

"그래, 맞아."

"아니, 이 미친 새끼들이!"

헬기 정비병은 멍청한 병사들과 다르다.

애초에 그 정도의 지식을 가지고 있는 사람은 사우디아라비아에서도 중하게 쓰인다.

기본적으로 헬기 정비병으로 일할 수 있을 정도라면 대학에서 공부한 주요 인재라, 당연히 사우디아라비아에서도 적잖은 돈을 받기 때문이다.

"뭐가 아쉬워서 배신하는 거야!"

"아쉬운 건 없지만 너희들이 하는 짓거리가 웃겨서."

정비병 중 한 명이 비웃음을 날렸다.

"중요 인재라면서 맨날 두들겨 팬 게 누군데?"

"그……."

그랬다. 정비병은 군대를 유지하는 데에 필수적인 인재이지만 동시에 사우디에서 천시하는 기술병이다.

그렇다 보니 정비병 중 상당수를 상당한 학식을 지닌 외부 인재를 고용했음에도 제대로 대우해 준 적이 없었다.

선민의식으로 가득한 사우디의 장교들이 그들을 돈만 충분히 주면 살 수 있는 하나의 도구로 취급한 것.

생각지도 못한 상황이 벌어지자 장교들은 입을 쩍 벌릴 수밖에 없었다.

⚖️

"많이도 팔려 왔네."

단시간에 탱크 스물두 대, 아파치 두 대 그리고 여든 대의 장갑차 및 트럭 그리고 엄청난 숫자의 군수품이 후티 반군에 넘어왔다.

단순히 가지고 온 정도가 아니라, 아예 후티 반군이 텅 비어 버린 기지를 급습해서 싹 다 털어 온 물자는 아직 정산도 하지 않았다.

"사우디 왕가가 충격받은 모양인데요?"

무태식은 인터넷 뉴스를 보면서 혀를 내둘렀다.

물론 사우디 뉴스는 아니다. 사우디아라비아 언론에서는 이걸 쉬쉬하고 있었으니까.

하지만 이미 한국에서는 파다하게 소문이 난 상황.

"그럴 겁니다. 용병이 이 정도로 무능할 줄은 몰랐을 테니까요."

노형진은 어깨를 으쓱하며 말했다.

"정확하게는 대우를 제대로 안 해 준 거지만요."

만일 제대로 대우해 주고 지휘 체계가 확립되었다면 이런 일은 없었을 거다.

하지만 사우디에는 그런 게 없었다.

애초에 그런 걸로 고민한 적도 없었다.

"하긴, 무기에 돈 꼬라박는 이유가 횡령인 군대에 뭘 바라겠습니까."

실제로 사우디아라비아는 전 세계에서 3위의 국방 예산을 보유하고 있다.

하지만 정작 그 예산은 무기를 수입하면서 리베이트로 받은 돈을 빼돌리는 걸 목적으로 운영된다.

오죽하면 반군의 총성만 들리면 탱크고 장갑차고 다 버리고 도망가겠는가?

"거기다 이번에는 돈까지 걸렸으니, 병사들 입장에서는 그냥 그 돈 받고 돌아가고 싶어 할 거라는 거죠."

애국할 이유가 없는 그들 입장에서는 차라리 그냥 돈을 받고 돌아가고 싶을 거다.

물론 그게 소수일 수도 있다.

문제는 그 소수가 다수를 설득할 수 있다는 거다.

그리고 그 다수도 같은 나라 출신을 고발하면서까지 충성을 바칠 정도로 사우디아라비아에 좋은 감정을 가진 것은 아니고 말이다.

"거기다가 그 후에 벌인 짓이 이번 일의 완전한 패인이죠. 도대체 무슨 생각을 한 건지 모르겠네요."

"저도 그 뉴스는 봤습니다. 한국도 그거 도입했다가 실패했죠?"

"맞습니다. 그건 게임에서나 먹히지 현실에서는 안 먹힙니다. 자기를 죽이려고 하는 장교에게 세상의 그 누가 충성을 합니까?"

단시간에 무능력이 드러나자 사우디아라비아에서는 병사들을 달래거나 과도한 훈련을 막는 대신에 장교들에게 즉결심판 자격을 줘 버렸다.

이탈하려는 병사들을 어떻게 해서든 통제하기 위해서였다.

즉, 수틀리면 죽여 버리라는 건데, 실제로 장교들에게 병사들이 벌써 다섯 명이나 죽어 병사들의 반발이 점점 더 심해지고 있었다.

더군다나 처분당한 병사들은 이탈하려는 행동을 한 것도 아니었다.

그냥 장교에게 불만을 이야기했는데 이탈 가능성이 보인다며 즉결 처형당한 것.

당연히 병사들은 들고일어났다.

한국도 6.25 당시에 장교들에게 즉결처형 권한을 준 적이 있다.

그러자 길 막았다고 쏴 버리고 눈초리가 마음에 안 든다고 쏴 버리고 저녁밥이 맛없다고 쏴 버리는 등 개판이 나 버렸다.

그냥 쏴 버리고 빨갱이로 의심돼서 어쩔 수 없었다고 하면 그만이었으니까.

대부분 징집병이었던 한국 병사들을 통제하기 위해서였지만, 돌아온 건 그로 인한 충성이 아니라 무기를 돌려서 장교를 쏴 버리고 북한군에 투신하는 거였다.

"아군 살해는 아예 병사들을 싹 다 죽이겠다는 생각을 하기 전에는 하면 안 되는 건데요."

심지어 구소련도 돌격하는 형벌 부대 병사들의 등 뒤에나 기관총을 쐈지 일반 병사들에게는 그런 짓은 안 했다.

"문제는 이제 와서 뭘 어찌할 수가 없다는 거죠."

사우디아라비아에서는 조만간 아차 싶을 거다.

그들의 무기를 누가 쥐고 있는지 알게 될 테니까.

"그런데 이번 사건하고 이혼하고 무슨 관계가 있습니까?"

"간단합니다. 애초에 후티 반군에서 뭐라고 했습니까? 인권침해를 이유로 작전을 시작했잖습니까?"

"그렇죠."

"그리고 현재 후티 반군에는 적잖은 사우디아라비아군 장교들이 잡혀 있죠."

그런데 그들을 구하지 않으면 어떻게 될까?

아마 사우디아라비아군의 장교들은 너도나도 그만둘 거다.

미군이 누구도 뒤에 두지 않는 건 단순히 애국심을 위한 쇼가 아니라 진짜로 그래야 국가를 믿기 때문이다.

"그리고 슬슬 영상이 올라올 시간이 되었을 텐데요."

"네?"

그 순간 도착한 문자 하나.

노형진은 거기에 적힌 인터넷 주소를 클릭했다.

그러자 화면에 사우디아라비아 장교가 한 명 나타났다.

-우리 조건은 간단하다. 한 명당 100만 달러의 석방 비용. 그리고 한국인을 비롯해, 사우디아라비아에 잡혀 있는 성 노예들의 석방이다.

후티 반군의 채널에 올라온 이야기는 간단했다.

성 노예들을 석방하라.

그 말을 들은 사우디아라비아 장교의 표정은 가관이었다.

－성 노예 때문에 우리를 잡고 있다고?

－그 외에 너희를 잡아 둘 이유가 있나?

－아니. 진짜로?

－그래.

물론 돈도 중요하지만 진짜로 중요한 건 인권이다.

이슬람 후티 반군이 할 말은 아니지만, 진짜로 그렇게 이야기가 나오자 장교는 할 말을 잊어버렸다.

－진짜로 날 참수하거나 총살하지 않는다고?

－당신은 제네바협약에 따라 정당한 대우를 받을 거다.

－고문도 없을 테고 강제 노역도 없을 거다. 우리의 요구는 100만 달러의 석방 비용과 여성 성 노예의 해방이다.

그렇게 후티 반군의 말과 사우디 장교의 어이없는 얼굴이 비치며 영상이 끝났다.

"자, 이렇게 되면 사우디아라비아는 어쩔 수 없이 여성들을 풀어 줘야 할 겁니다."

"어째서요?"

"이득을 보는 게 누구냐에 따라 달라지니까요."

병사들이야 용병이지만 장교는 사우디아라비아의 국민이다. 그리고 실제로 그중에는 유력자의 자손도 있다.

"그런데 후티 반군의 제안을 거부하면 어떻게 보일까요? 100만 달러를 아까워하는 것처럼 보일까요? 유감이지만 사우디아라비아에서 100만 달러는 그리 큰 가치가 있는 돈이 아닙니다."

길바닥 한복판에 1킬로그램짜리 순금 자판기가 있는 나라가 사우디아라비아다.

1인당 100만 달러라면 많아 보이지만 실제로는 딱히 많은 것도 아니다.

그 정도 돈은 충분히 내줄 수 있다는 걸 국민들은 다 안다.

"그런데도 안 풀어 준다? 그러면 국민들이 뭐라고 생각하겠습니까?"

"아하!"

당연히 성 노예를 지키기 위해 자국민을 버린다고 생각할 것이다.

"아무리 사우디아라비아가 국민들을 무시한다고 해도 이건 무시 못 하죠."

특히 지금처럼 사우디군의 대부분이 반기를 들 정도로 위험한 상황이라면 더더욱 그렇다.

"결국 잡혀 있는 여성분들을 풀어 줘야 문제가 해결된다 이거군요."

"맞습니다."

자존심을 지키기 위해 진짜로 찍어 누르기 시작하면 사우디군의 무기가 왕가로 향할지도 모르는 일.

"결국 자기들이 살기 위해서라도 조용히 사건을 무마하려고 할 겁니다."

그리고 방법은 하나뿐이다.

바로, 잡혀 있는 사람들을 풀어 주는 것.

"우리는 이제 그녀들을 데리고 한국으로 가면 됩니다, 후후후."

⚖️

결국 사우디아라비아에서는 조용히 이혼이 이뤄졌다.

공식적으로는 이혼이고 성 노예로 잡혀 있는 사람은 없었다고 외부에 이야기했지만, 실상은 그렇지 않았다.

"한국만의 문제가 아니었습니까?"

강지아를 한국으로 출국시키기 위해 기다리고 있던 노형진을 찾아온 사람은 의외로 CIA 요원이었다.

"사우디아라비아 왕가에 질이 좋지 않은 사람은 한두 명이 아니니까요."

"그런데 미국이 그냥 있었고요?"

"어쩔 수 없습니다. 사우디 왕가와 싸울 수는 없으니까요."

"허 참, 기가 막혀서."

하긴, 발정 난 놈들이 노예로 삼은 게 과연 한국 사람뿐이겠는가?

"하지만 덕분에 사우디아라비아에서 대대적으로 이혼 정리를 하려는 모양이더군요."

조사를 통해 강제적으로 잡아 둔 사람들과는 이혼하게끔 하고, 그런 뒤에도 자발적으로 남는 사람들만 인정하겠다는 거다.

실제로 케람 알 사우디드가 미친놈인 거지, 삶의 여건이나 여유 때문에 이혼한 후에도 자발적으로 남아 있는 사람들이 훨씬 많으니까.

"그런데 미국에서 저한테 감사 인사하러 온 건 아닌 것 같고요."

"사우디아라비아 정부의 전언입니다."

그 말에 노형진은 쓰게 웃었다.

천하의 CIA가 사우디아라비아의 전령 노릇 따위를 하다니.

'말이 사우디아라비아의 전언이지 사실상 왕가의 전언이겠지.'

그들도 이번 사태에 노형진과 마이스터가 관련되어 있다는 것쯤은 알고 있을 테니까.

"뭐랍니까?"

"좋은 관계를 유지하잡니다. 그러니까 후티 반군에 더 이상 돈을 주지는 말랍니다. 그리고 무기는 선물한 셈 치겠답니다."

"어이가 없군요."

"그럴 만한 능력이 되니까요."

적잖은 숫자의 무기가 후티 반군에 넘어갔고 그게 마이스터로 넘어갈 예정이다.

그런데 그걸 그냥 선물한 셈 치겠다니.

"아무래도 서로 각을 세우고 싶지는 않은 모양입니다."

"뭐, 이해는 합니다."

노형진이 사우디와 싸우는 것이 부담스럽기에 전면적으로 싸우는 것을 피했던 것처럼, 사우디아라비아도 노형진과 싸우면 이길 수는 있겠지만 자국의 피해가 클 거라고 판단한다.

당장 이번만 해도 노형진이 국제 정세를 무시하고 작심하고 사우디아라비아 정부군을 돈으로 사서 뒤집었다면 사우디아라비아 입장에서는 엄청난 피를 흘려야 했을지도 모른다.

'굳이 적을 만들 필요는 없지.'

저쪽도 이쪽을 적대하지 않겠다고 하니 이쪽이 굳이 그럴 이유는 없긴 하다.

'다만 나중에는 어떻게 될지 모르지만.'

그 말에 노형진은 고개를 끄덕거렸다.

"받은 선물은 잘 쓰겠다고 전해 주세요."

"그럼 이만."

노형진은 멀어지는 CIA 요원을 보며 씁쓸하게 웃었다.

"이제 해결이 된 걸까요?"

"글쎄요. 그건 나중에 가 봐야겠지요."

조만간 필연적으로 한번 부딪쳐야 한다는 걸 알기에 노형진은 그저 말을 아낄 뿐이었다.

애국자라는 이름의 노예

"빨갱이는 물러가라!"

"빨갱이를 몰아내야 한다."

노형진은 밖에서 들리는 소리에 눈을 찡그렸다.

"아니, 왜 저래요?"

"왜 저러겠나? 당연히 선거가 얼마 남지 않았으니까 그렇지."

송정한은 별로 새삼스럽지 않다는 듯 느긋하게 차를 마시면서 미소를 지었다.

송정한의 지역구, 그곳에 위치한 송정한의 사무실에서 따로 만나자는 연락을 받았기에 노형진이 그를 만나러 직접 온 것이다.

"빨갱이라……."

"뭐, 한국 선거철에는 절대 빠지지 않는 단어 아닌가?"

"네, 뭐 압니다."

한국 선거에서 빨갱이 타령이 빠지면 이상하다고 할 정도로 한국에서는 선거철만 되면 일단 상대방에게 빨갱이니 종북이니 하는 프레임을 뒤집어씌우는 게 일반적이기는 하다.

"그런데 저 사람들, 자유신민당이 아니라 민주수호당 소속 아닙니까?"

자유신민당이라면 이해라도 한다.

오로지 종북과 빨갱이 하나에 목매며 선거하는 집단이니까.

하지만 저들은 민주수호당, 즉 송정한이 과거에 속해 있던 정당이자 동시에 저런 빨갱이 프레임에 가장 많은 피해를 입은 집단이다.

"왜 저러겠나? 아, 자네, 기억 못 하나?"

"뭘요?"

"빨갱이 프레임 선점. 자네가 만들어 준 전략 아닌가?"

"아, 그랬죠. 하지만 그게 벌써 몇 년 전인데."

노형진은 기가 막혔다.

자유신민당이 선거철만 되면 하도 무조건 빨갱이니 종북이니 프레임을 뒤집어씌우니, 차라리 이쪽에서 먼저 꼬투리 잡아서 그들에게 종북의 프레임을 뒤집어씌우자.

그게 송정한이 민주수호당에 있을 때 노형진이 만들어 준 전략 중 하나였다.

"그 후로도 딱히 적당한 전략을 못 세웠지. 뭐, 자네도 알지 않나? 국회의원의 수준 말이야."

"끄응."

이해는 한다.

한국의 선거는 전략이나 공약이 아닌 이미지 선거다.

백 명을 살인한 살인마도 특정 지지 세력을 등에 업으면 충분히 국회의원을 넘어서 대통령도 할 수 있는 대한민국 선거판의 특성상, 이미지 전략은 어찌 보면 너무 당연한 거다.

"그걸 아직도 써먹는다니……. 설마 저것 때문에 부르신 겁니까?"

보통은 여기가 아니라 국회의사당에 있는 국회의원 사무실에서 만난다.

왜냐하면 그곳은 모든 출입 기록이 철저하게 남아 도리어 당당하게 만난 사람이라고 증명할 수 있기 때문이다.

당연하게도 그런 기록이 남지 않는 이런 개인 사무실에서 만나는 것은 결과적으로 저쪽에 꼬투리를 줄 수 있기에, 송정한은 보통 국회의사당에서 만나는 걸 선호했다.

"그건 아니야. 사실 저 정도야 뭐 난 표현의자유 영역 안에 들어 있다고 생각한다네. 살짝 선을 넘기는 하지만 뭐, 저 정도 의사 표현도 막는다면 여기는 대한민국이 아니라 북조선민주주의인민공화국이겠지."

"그러면 저들은 그냥 두시게요?"

"그럴 생각이네. 저런 말에 선동될 사람이라면 애초에 내 지지 세력도 아닐 테고."

그 말에 노형진은 고개를 끄덕거렸다.

프레임 씌우기도 타이밍이라는 게 있다. 아무 때나 무조건 씌운다고 해서 되는 게 아니다.

현재 선거에서 빨갱이 프레임이 과거에 비해 힘을 쓰지 못하는 이유가 뭔가?

스물네 시간 삼백육십오 일, 자유신민당에서 심심하면 빨갱이라고 고래고래 소리를 질러 대니 사람들이 피로감을 느끼는 데다가 그게 그들의 전략인 게 소문나서가 아닌가?

그런데 선거도 아직 멀었는데 저 난리를 피우면 바보가 아닌 이상에야 피로감만 늘어나고 도리어 당한 놈이 그대로 돌려준다는 이미지만 만들 뿐이니 이쪽에 큰 영향은 없다.

"하지만 여기서 만나자고 하신 걸 보니 뭔가 조용히 하실 말씀이 있는 모양인데."

"그건 사실일세. 내가 어떻게 해결해 보려고 했는데 말이지, 이게 답이 없어."

"어느 정도이기에요?"

"일단 정치적 문제가 아니라 경제적 문제일세."

그 말에 노형진은 고개를 끄덕거렸다.

송정한은 부자다.

노형진은 그에게 직접적으로 돈을 주지는 않지만 투자라

는 형식으로 막대한 자금을 지원해 주고 있다.

송정한이 돈에 끌려다니면서 개혁을 하기를 원하지 않았기 때문이다. 돈에 끌려다니기 시작하면 개혁은 결국 실패하니까.

그런 뜻이 내포된 노형진의 투자 제안에 송정한이 응했고, 그 결과 송정한은 외부에서 돈을 받지 않아도 선거 자금을 100% 자비로 충당할 수 있는 거의 유일한 국회의원이 되었다.

하지만 그렇다고 해서 그가 대한민국을 좌지우지할 정도로 강력한 힘을 가진 건 아니었다.

즉, 경제적 문제가 있다면 그걸 해결하기 위해서는 재벌가나 노형진의 도움이 필요하다는 뜻이다.

"그런데 재벌가에서는 도와줄 생각이 없나 보죠?"

"오히려 적대적이지."

"흠, 다른 사람들은요?"

"다른 사람들도 마찬가지야."

송정한은 찻잔을 내려놓으면서 말했다.

"경제적 문제이기는 하지만 동시에 다른 사람들, 아니 정부도 이권의 대상이거든."

"네? 정부가요? 무슨 일인데 정부까지 끼어드는 겁니까?"

"자네, 대한민국의 국방 산업에 대해 어떻게 생각하나?"

"대한민국의 국방 산업요? 뭐, 밝다 못해 아주 그냥 찬란하죠."

"그 정도라고 생각하나?"

"네. 저는 지금 상황에서 공장을 두 배, 아니 세 배는 증설해야 한다고 생각하는 사람입니다."

어쩔 수가 없다.

러시아가 본격적으로 우크라이나에 이빨을 드러내면서 세계는 바뀐다.

수십 년 전에 사라진 전면전과 핵전쟁에 대한 공포가 다시금 고개를 들게 된다.

'문제는 전면전에 대해 준비된 나라가 사실상 한국 말고는 없다는 거지.'

미국도 공장을 보유하고 있지만 한국과 달리 전면전 시스템이 아니다.

더군다나 막대한 군수물자를 우크라이나에 제공하면서 그들의 공장은 소비되는 무기를 채우기도 힘든 지경이 되었다.

'오죽하면 미국의 무기 재고가 100일 미만으로 떨어졌을까.'

천하의 미국이 포탄이 부족해서 한국에서 포탄을 사 가는 초유의 사태가 벌어질 정도로, 그들이 공장을 풀로 돌려도 한계가 명확하다.

더군다나 가장 큰 문제는 무기가 필요한 게 미국만이 아니라는 거다.

러시아는 오로지 우크라이나 영토 일부만 먹고 그만두겠다고 했지만 누구도 그 말을 믿지 않았다.

왜냐하면 크림반도를 병합할 때에는 크림반도에 욕심이 없다고 했고, 두 번째 우크라이나를 침략할 때는 침략이 아니라 특별 군사작전이라고 했으며, 자원을 무기화할 때도 전 세계를 대상으로 자원을 무기화하지 않겠다고 말했으니까.

러시아는 공산권 특유의 기만전술로 끊임없이 거짓말을 하면서 상대방을 집어삼키려고 했다.

그러니 이제 와서 러시아가 '나는 유럽에 관심 없습니다.' 라고 해 봐야 그걸 믿을 나라는 없는 것이다.

문제는, 러시아와 한국을 제외한 모든 나라가 전면전을 상정하지 않는다는 거다.

당연하게도 유럽은 유로 내부의 무기 공급만으로도 비명을 지르기 시작했다.

주문량은 쌓이는데 애초에 유로의 무기는 대부분 미국산 아니면 자체 개발이다. 양쪽 다 공장이 부족하니까.

미국의 경우는 우크라이나 지원도 벅찬 데다가 자국 내 무기 공급만 해도 3~4년 걸린다고 해서 폐쇄했던 공장 라인을 서둘러 살리고 있는 중이었다.

사람들이 다 알고 있는 미국제 휴대용 지대공미사일인 스팅어의 경우는 사실 몇 년 전에 생산 라인이 닫혔다.

실질적으로 테러가 아니라 전면전용 무기고, 미국은 더 이상의 전면전은 없다고 생각했기 때문이다.

하지만 러시아 때문에 몽땅 써 버리는 바람에 자국 내에서도 부족해진 데다가 이제는 드론이 테러에 전면적으로 사용될 가능성마저 높아지면서 결국 미국은 스팅어 라인을 살리기로 결정했다.

'특히 구소련에 속했던 동구권 국가들은 발등에 불이 떨어졌지.'

러시아가 유럽으로 가기 위해서는 무조건 그들을 거쳐야 한다.

더군다나 러시아의 대통령 체르넨코는 입으로는 유럽에 관심이 없다고 말하지만 한편으로는 구소련의 부활을 주장하고 있다.

그렇다 보니 구소련에 포함된 동구권 국가들에 대한 무력 병합을 대놓고 떠들고 있는 상황이었다.

관심 없다고 해 놓고도 집어삼키는 러시아가 직접 관심 있다고 떠든 동구권 국가들을 가만둘 리가 없으니 그들은 비명을 지르며 무기를 사기 위해 몰려들었지만, 유럽이나 미국에서는 무기를 공급할 방법이 없었다.

결국 그들의 시선이 향한 곳은 다름 아닌 한국이었다.

전면전 시스템에, 생산 라인도 멀쩡하게 살아 있고, 성능도 세계 1위급은 아니지만 그래도 3~4위 정도는 되는 한국은 믿을 만한 구매처였으니까.

물론 무기 공급량 자체는 중국이 더 압도적이지만 중국은 침략국이 될 러시아와 사실상 혈맹이라 여차하면 추후 공급을 끊어 버릴 테고, 결정적으로 성능에 대한 뻥튀기가 너무 심해서 믿을 수가 없었다.

'한국도 자국 무기를 감당하기 힘들 정도였으니.'

문제는 이 기조가 한두 해 이상 지속될 거라는 거다.

한번 무기 시스템이 돌아가기 시작하면 가장 중요한 건 바로 보급과 통일성이다.

즉, 처음에 한국 무기를 구입하면 나중에 바꾸고 싶어도 무기의 통일성 및 운영 인원의 사용 숙련도 같은 것 때문에 계속 그걸 쓰게 되는 경우가 대부분이다.

그래서 십수 년 동안 한국은 무기를 엄청나게 팔아먹는다.

"그렇게 생각하나?"

"네."

"그러면 그 안에서 일하는 사람에 대한 대우는 어떤가?"

"대우라니요?"

"내가 문제 삼는 게 그거라네."

그 말에 노형진은 고개를 갸웃했다.

"음, 제가 아는 바로는 그런 군수 시스템 쪽 계열에서 일하는 사람들의 인건비는 엄청나게 셀 텐데요?"

무기를 만드는 건 특수한 기술이 필요한 데다가 그런 기술이 외부에 새어 나가지 않게끔 하는 것도 중요하기에 군수 쪽 산업은 인건비가 상당히 센 편이다.

"그래, 공장 쪽은 그렇지. 하지만 내가 말하는 건 좀 더 근본적인 문제일세."

"근본적인 문제요?"

"자네, 국방과학연구소의 평균 연봉이 얼마인지 아나?"

"얼만데요?"

"7천에서 8천이라고 하더군."

"네?"

그 말에 노형진은 귀를 의심했다.

그도 그럴 게, 터무니없이 낮은 금액이었으니까.

"얼마요?"

"7천에서 8천. 뭐, 직급이 높으면 억 단위를 넘어간다지만 반대로 아래에서 일하는 사람들은 그보다 낮다는 소리이기도 하겠지. 평균이니까."

"평균이 고작 7천에서 8천이라고요?"

노형진은 기가 막혔다.

"중국도 국책 연구소 소속은 한 1억 5천은 줍디다만?"

물론 단순한 행정 연구원이라면 그렇게 주지 않는다.

하지만 방금 국방과학연구소 소속이라고 말했다. 즉, 이공계 연구원이라는 소리다.

더군다나 군사무기라는 특성상 그 경력과 지식은 절대로 가벼운 수준이 아닐 거다.

"그런데 중국보다도 못 준다고요?"

환율을 생각하면, 중국은 한 사람당 한국으로 치면 3억 가까이 준다고 봐도 무방하다. 그것도 적게 잡았을 때의 이야기다.

그렇다면 미국은 어떨까?

거긴 그냥 돈을 퍼 준다. 수억에서 10억 이상 주기도 한다.

심지어 일본도 한국 연구원 임금의 두 배 이상을 준다.

"그게 문제야."

송정한은 심각한 얼굴로 말했다.

"내가 아는 연구원이 한 명 있다네. 이직하고 싶다고 하더군."

"그런데요?"

"그런데 내가 알기로 그 사람이 관여하는 업무는 소프트웨어 쪽인데, 자네도 알지 않나? 소프트웨어 쪽 업무가 얼마나 가혹한지."

"무슨 소리인지 알겠습니다."

현대의 전쟁은 소프트웨어 전쟁이다.

당장 미국에서 F-35를 만들 때 하드웨어, 즉 비행기 자체에 들어가는 개발비보다 비행기를 컨트롤하는 소프트웨어 개발에 훨씬 더 많은 돈이 들어가는 것만 봐도 알 수 있다.

"솔직히 그 정도 실력을 가진 연구원이라면, 다른 곳에서는 연봉 2억도 우스울 거야."

"으음……."

단순히 써먹을 수 있는 프로그램을 만드는 코딩 프로그래머를 넘어서 과학자 수준의 지식을 가지고 있는 전문 프로그래머라면 당연히 그것보다 더 줄 거다.

"하긴, 그렇죠."

우스갯소리로 코딩을 하는 사람들의 실력은 기존의 코드를 얼마나 잘 찾아내고 잘 활용하는가에 좌우된다고 한다.

즉, 자체 개발 같은 것보다는 기존 걸 잘 이용해서 버그 없이 빠르게 작동하게끔 만드는 게 중요한 기술이라는 뜻이다.

하지만 군사용 코드는 안 된다.

보안 때문에라도 외부에서 가지고 와서도 안 되고, 기존 작동 방식과 아예 다른 방식으로 움직인다.

당연히 한 줄 한 줄 직접 만들어 가면서 연구하고 개발해야 한다.

그런데 그런 사람의 임금이 고작 8천만 원?

"지친다고 하더군. 이번에 보너스라도 나올 줄 알았는데 국방부에서 전액 잘랐다고 하더라고."

"국방부? 그 개새끼들은 또 뭔 지랄이랍니까?"

"보안 문제를 걸고넘어졌다는 거야."

"보안이라니요?"

"보너스가 지급되었다는 건, 그가 특정 주요 업무에 대한 보상을 받았다는 뜻 아닌가? 그러니까 그걸 통해 그가 어떤 업무 연구 요원인지 알아낼 수 있다고, 보너스와 포상금을 전액 삭감했다고 하더군."

"지랄을 하네요, 아주."

그 말에 노형진은 혀를 끌끌 찼다.

이건 진짜 듣도 보도 못한 헛소리였다.

하지만 그건 노형진이 몰랐을 뿐이지, 한국에서 수십 년 동안 이루어진 고질적인 문제였다.

상식적으로 아무런 보상도 없이 그냥 월급만 주면서 기술만 내놓으라고 하면 나오겠는가?

"지금까지 용케 과학기술이 발전했네요."

"그게 문제야. 용케 발전은 했지만 이제 한계라는 거지."

과거에는 8천만 원이라는 연봉이 절대 적은 돈이 아니었을 거다.

하지만 지금은 세상이 발전하면서 돈의 가치가 하락했다.

10년 전만 해도 연봉 1억이라고 하면 '우와~.' 했지만 지금은 쓸 만한 사람이라고 판단되는 수준으로 가치가 떨어진 상황이다.

과거에 상위 1%였던 연봉 1억은 지금은 상위 15% 정도가 된 판국이다.

"그런데 이 와중에 연봉 8천만 원이 말이 되나?"

"말도 안 되죠."

"그래서 내가 그걸 문제 삼았다네. 그랬더니 내 입을 틀어막으려고 하더군. 그놈의 보안을 문제 삼아서 말이야."

연구원에게 합당한 보상을 해 달라, 애국자에게 그에 대한 보상을 해 달라는 송정한의 당연한 요구는 국방부와 군사 기업의 필사적인 방해로 인해 더 이상 말을 꺼낼 수조차도 없게 되었다는 거다.

"그걸 연구원들은 그냥 보고만 있습니까?"

"그게 문제야. 이 지랄맞은 놈들이 착취하기 위해 구조를 지랄같이 만들어 놨더군."

"구조를 지랄같이 만들어 놨다니요?"

"그들은 한자리에서 오래 일한, 말 그대로 전문가 아닌가?"

"그렇죠."

"그런데 말이야, 계약 조건에 동종 업종 10년간 취업 금지 조항이 있네."

"끄응."

사실 이런 조항을 넣는 이유는 간단하다.

그만두자마자 동종 업계 다른 곳으로 가면 정보가 새어 나가기 때문이다.

문제는 그걸 좋게 적용하는 게 아니라 무조건 나가지 못하게 한다는 것이다.

앞서 말한 것처럼 어마어마한 코딩 실력을 가진 프로그래머가 퇴사한다고 치자.

그가 다른 민간 기업에 가면 못해도 2억에서 3억은 받을 거다.

그런데 동종 업종 취업 금지라고 지랄 발광하면서 아예 프로그래밍 쪽으로는 취업을 못 하게 막아 버리면 그는 치킨을

튀기든가 배달을 하는 수밖에 없다.

"하지만 동종 업종이라고 해도 그렇게 기준을 빡빡하게 잡지는 않을 텐데요?"

"보통은 그렇지."

실제로 대기업에서 그런 지랄을 한 적이 있다.

자사를 그만둔 프로그래머가 다른 IT 회사로 이직했다고 동종 업종 운운하면서 일을 못 하게 막았던 것.

하지만 재판부는 그렇게 판단하지 않았다.

원래 일하던 회사는 게임을 제작하는 게임 제작사고 새로 취업한 회사는 유통을 담당하는 인터넷 유통 업체인 만큼, 업무 자체는 똑같은 코딩이지만 동종 업종이 아니라는 거다.

"그런데 말이야, 여기는 국가가 끼어 있지 않나?"

"국가요?"

"그래, 그게 문제야. 그 친구 말로는 먼저 그만둔 선배가 한 명 있는데, 이후에 취직한 회사에서 결국 잘렸다고 하더군."

"왜요?"

"국방부에서 보안을 문제 삼아 해당 프로그램 회사에 코드를 요구했다는 거야."

기존에 국방부에서 사용된 코드와 비슷한 코드가 있는지 확인해야 한다며 해당 회사의 코드를 요구하고, 그걸 제출하지 않자 소송을 통해 기어이 받아 냈다고 한다.

"끄응. 하긴, 한국 정부는 안보에 관해서는 신경을 좀 많이 쓰니까요."

그러고는 비슷한 코드를 찾아내서 사용금지를 걸어 버렸다는 것.

"똑같은 것도 아니고 비슷한 거요?"

"그래. 그런데 그 친구 말로는 그런 기준이라면 어떤 프로그램도 만들 수가 없다고 하더군."

아무리 새롭게 짠다고 해도 기존에 없던 작동 방식으로 코딩할 수는 없고, 설사 완전히 다른 방식으로 코딩한다고 해도 극도로 비효율적인 결과물이 나온다고 한다.

가령 기존에 A에서 B로 신호가 가도록 코드를 짰는데 그 구조를 피하려고 A부터 Z까지 거치고 다시 한번 B로 가게 한다면 그만큼 느려지고 컴퓨터에 과부하가 걸릴 수밖에 없다는 것이다.

그걸 바로잡는 게 바로 소위 말하는 최적화고.

"회사에서는 항의해서 소송했지만 결과는, 알겠지?"

"무슨 소리인지 알겠네요."

소송이야 할 수 있다.

하지만 국방부에서는 안보라는 헛소리를 지껄이면서 무조건 3심까지 끌고 갈 테고, 그런 경우 분명히 5년 이상 걸린다.

만일 한 사람이 만든 코드 하나 때문에 무려 5년에 걸쳐 소송을 해야 한다면 과연 기업에서 그 사람을 쓸 수 있을까?

더군다나 그 사람이 만드는 코드마다 그 지랄이라면?

"그냥 대놓고 그 사람은 쓰지 말라는 거군요."

"맞아. 국방과학연구소도 그렇고 다른 대형 군사 기업들도, 그런 식으로 연구원을 괴롭힌다고 하더군."

"미쳤군요."

대우를 해 줘도 모자랄 판국에 나가지 못하게 괴롭힌다니.

사실 노형진이 몰라서 그렇지, 매년 국방과학연구소나 군사 기업의 연구소에서는 10% 이상의 사람들이 그만뒀다.

아무리 노력해도 그들을 착취하기만 할 뿐 보상은 전혀 해 주지 않기 때문이다.

그러다 보니 연구 개발이 차일피일 미뤄져서 돈만 더 드는 악순환이 벌어진다.

'그러고 보니 더 병신 짓도 있었지.'

그것만 해도 어이가 없어 죽겠는데, 어느 정권에서는 정권이 교체되자마자 정치적 사상이 맞지 않는다는 이유로 연구 개발을 주도하던 주요 연구원들의 모가지를 한꺼번에 날린 적도 있었다.

그러고는 그 자리에 연구원도 아닌 자기네 낙하산을 보내서 자리 잡게 했다.

목적은 간단했다.

그들이 개발에 성공한 실적을 독점하고 싶었기 때문이다.

그러나 핵심 연구원이 날아갔는데 연구 개발이 진행될 리가 없었다.

핵심 인재가 사라진 데다가 승진해 봐야 모가지행이고 승진을 하지 않아도 어차피 외부 기업의 절반도 돈을 못 받으니 남은 연구원들까지 집단으로 사표를 냈고, 단시간에 연구원의 30% 이상이 그만두는 일까지 벌어졌었다.

"내부에서 항의는 해 봤습니까?"

"해 봤다고 하더군. 하지만 구조적으로 그게 통하지 않는다는 거야."

"어째서요?"

"집단의 힘이 뭔지 알지 않나?"

"하긴, 그렇군요."

파업이 가장 강력한 수단인 것은 집단이 한꺼번에 저항하기 때문이다.

그런데 과연 이런 연구소에서 집단적인 행동으로 저항하는 게 가능할까? 그럴 리가 없다.

"서로 누가 누군지도 모르겠군요."

"그래. 그게 문제야."

저항하고 싶어도 보안 때문에 서로 알고 지내는 데 한계가 있다.

같은 국방과학연구소 소속이라 해도 각각 별개의 공간을 쓰기 때문에 화장실에서 마주칠 일도 거의 없을뿐더러 보안을 이유로 서로 알고 지내는 것 자체도 통제할 테니까.

"더군다나 그걸로 파업한다고 하면 뭐라고 하겠나?"

"분명 빨갱이 타령하겠네요."

"실제로 그 친구 말로는 항의하니까 반역 혐의로 처벌받고 싶냐고 협박을 했다고 하더군."

"협박요?"

"그래."

"어이가 없군요."

돈도 제대로 주지 않으면서 파업하면 반역이라니.

물론 이게 국방과학연구소의 공식적인 의견은 아니겠지만 최소한 일부 중간 관리자 놈들이 그런 마인드로 연구원들을 휘두른다는 건 딱히 비밀도 아니라는 거다.

"솔직히 말해서 이건 어떻게 보면 나랑은 상관없는 일이지. 하지만 장기적으로 봐야 한다고 난 생각하네."

"맞습니다. 장기 투자가 없는 기업은 결국 망하죠."

중국의 무기 기술은 빠르게 발전하고 있고, 심지어 북한조차 초음속 미사일을 만들어서 위협하고 있다.

5년 전만 해도 한국은 세계 게임 시장에서 강국이었지만 지금은 어떤가?

중국산 게임에 밀려서 그래픽도, 게임성도 다 떨어진다.

투자는 안 하고 오로지 도박으로만 돈을 벌 생각에 눈이 돌아가서다.

그에 반해 투자를 많이 한 중국은 어느 틈엔가 전 세계 게임 시장을 지배하는 강자가 되어 있었다.

단 5년 사이에 게임도 그렇게 되었는데, 매년 어마어마한 돈이 들어가는 무기 시장은 어떨까?

"이대로라면 한국의 무기가 더럽게 비싸지만 성능은 형편 없는 쓰레기 취급받게 생겼군요."

"맞아. 그런데도 내 말을 들어 처먹지도 않더군."

"웃기는군요."

과연 그렇게 아낀 돈을 어떻게 할까? 진짜 제대로 쓸까?

아니다. 분명 중간에서 해 처먹을 거다.

"그래, 그래서 내가 고민하는 거야. 어떻게든 압박을 가해 보려고 했지만 다들 시큰둥하더군."

"그래도 송 의원님도 당 대표 아니십니까?"

우리국민당은 한국의 제2의 야당이다. 그런 만큼 필요하 다면 양쪽에 압박을 가할 수 있다.

"그럴까 했지. 하지만 내 말에 동의하는 의원 숫자가 그다 지 많지 않아."

"네?"

"긁어 부스럼을 왜 만드느냐 이거지."

"지랄 났네요, 아주."

노형진의 격한 반응에 송정한이 살짝 놀란 눈으로 그를 바 라보았다.

"자네는 상스러운 말을 잘 안 하는데, 의외군."

"정말 그 말밖에는 떠오르는 게 없어서요."

이건 긁어 부스럼이 아니다. 미래를 위한 준비지.

"어떤 기업에서는 시스템에 문제없다고 관리자들을 다 잘 랐다더니만."

그런데 그 기업의 시스템에 문제가 없었던 건 관리자들이 관리를 잘했기 때문이다.

지금도 마찬가지. 대한민국이 군사 강국이 된 건 그들이 연구한 결과이지, 미국에서 거저 준 게 아니다.

"왜요? 돈 주면 연구원들 싸가지가 없어진다는 소리는 안 합니까?"

"왜 안 하겠나? 비슷한 소리가 나왔다네. 연봉을 올려 주기 시작하면 끊임없이 돈을 달라고 할 거라면서, 분수를 알게 해 줘야 한다고 말했다더군."

"진짜 지랄이네요."

당장 국회의원의 활동비만 해도 매달 수천만 원이다. 그리고 그들은 전 국민에게 욕을 먹는다.

그런데 정작 나라를 지키는 애국자들한테는 돈 주면 분수를 모르게 된다니, 이게 말이 되는 소리란 말인가?

"그래서 자네가 도움을 줬으면 좋겠어."

"흠."

그 말에 노형진은 턱을 만지작거렸다.

"가장 좋은 방법은 정부에서 월급을 올려 주는 건데요."

"포기하게나. 국방부에서 그럴 리가 없지 않나."

"하긴, 그건 그렇죠."

장군님들 접대를 위해 군 사령부 내부에 룸살롱을 만들 돈은 있어도 진짜 국방에 쓸 돈은 없는 게 국방부다.

그런 놈들이 과연 진짜 애국자들에게 돈을 줄까?

"이놈의 나라는 애국하는 사람을 호구 취급하니."

"그게 문제야."

애국자에게 그에 상응한 대우를 해 줘야 다른 사람들도 애국자를 따라 애국하려고 한다.

하지만 대한민국에서는 애국하면 뜯어먹기 좋은 호구라고 생각하고 신나게 뜯어먹기에, 국민들의 머릿속에는 애국은 병신의 동의어라는 생각이 깔려 있었다.

실제로 역사적으로도 수많은 애국자가 있었지만 대부분 그 말로는 비참하기 그지없었다.

"말로야 애국자라고 치켜세운다지만 거기에 뭔 의미가 있겠는가?"

송정한은 한탄했다. 이 상황의 심각성을 잘 알고 있기 때문이다.

그리고 노형진 또한 잘 알고 있었다.

그런 노형진의 얼굴은 어두웠다.

"하지만 이건 쉽게 풀릴 문제가 아닐 것 같군요."

노형진은 눈을 찡그리며 말했다.

노형진은 일단 이 문제를 새론의 사람들에게 이야기했다.

그러나 대부분 골치 아프다는 얼굴이었다.

"그 동종 업종 취업 금지 규정이 문제군."

"맞습니다. 그걸 해결하기 전에는 아무것도 못 합니다."

일단 취업 금지 규정은 양 당사자가 합의한 조항이기에 불법 계약이 될 수가 없다.

더군다나 안보라는 국가의 문제가 걸려 있는 이상 취소 소송을 건다고 해도 취소될 가능성은 0%라고 봐도 무방하다.

"그렇다고 무조건 때려치우라고 할 수도 없는 노릇 아닙니까?"

"맞습니다."

설사 때려치운다고 해도 지금 국방부의 짓거리를 봐서는 진짜 아무것도 못 한다.

"실제로 중국에서 한국 연구원들에게 접근하는 게 엄청나게 심한 모양이기도 하고요."

노형진은 추가적으로 여기저기 알아본 사항을 이야기하며 혀를 끌끌 찼다.

"국방부에서는 보안을 이유로 보너스와 포상금을 전액 삭감했지만 정작 중국에서는 이미 연구원들의 신상 정보를 다 파악한 것 같습니다."

끊임없이 메일로 막대한 조건을 내밀면서 이직하라고 설

득하고 있다고 한다.

실제로 소수지만 그에 넘어가서 중국으로 떠난 연구원들도 있다고.

"그 사실을 국방부는 모른다고 하던가요?"

"모르겠습니까?"

다 안다. 하지만 돈 주기 아까우니까 말뿐인 거짓말을 하는 거다.

"어이가 없군요."

"이게 참 웃긴 건데 말입니다. 연구소에서 일하는 분들은 애국자라서 그렇습니다."

─애국자라 나라를 배신할 가능성이 낮다.

단순히 그들이 그럴 거라 믿는 게 아니다.

실제로 연구원을 고용할 때는 가장 먼저 심리검사와 사상검증을 거쳐서, 정말 애국심이 없다고 하면 실력이 있어도 고용하지 않는다.

자기 권한을 이용해 정보를 빼돌려서 중국이나 러시아 같은 데로 튀어 버리면 난리 나는 거니까.

"그렇다 보니 거기에서 일하는 사람들은 애국심이 투철합니다."

그래서 온갖 비참한 꼴을 당해도 조국을 위해 희생한다고 생각하며 인내한다.

"그러니 그런 사람들을 회유해서 빼낼 정도면 중국이 얼마나 집요한지도 알 수 있죠."

"애매한 문제군. 그들을 보호하자니 애국심 때문에라도 거절할 테고, 어떻게 빼낸다고 해도 대한민국에서 압박을 가할 테고."

곰곰이 생각하던 고연미 변호사가 물었다.

"노 변호사님이 대통령이랑 이야기해서 어떻게 못 하세요?"

"애석하게도 힘들 것 같습니다. 현 대통령인 박기훈 대통령 레임덕 때문에요."

"하긴, 레임덕이 심할 만하겠네요."

박기훈 대통령은 얼마 전 국정원에 암살당할 뻔하고 나서 소위 기득권층이 어떤 놈들인지 뼈저리게 느꼈다.

먼저 협상을 제안해 봤자 그들은 자신을 죽이고 싶어 할 뿐이라는 걸 깨달은 그는 원래대로 극단적인 개혁주의자로 돌아섰다.

'하지만 늦었지.'

처음부터 그랬다면 모를까, 이제 레임덕이 시작된 상황에서 그의 말을 들으려 하는 이들은 없다.

그리고 그중에서도 국방부는 그런 레임덕의 영향력이 엄청나게 심한 곳 중 하나였다.

'뭐, 신임 대통령도 개무시하는 놈들이 그놈들이니.'

원래 역사에서도 그들은 신임 대통령이 취임할 때 마음에 들지 않는다는 이유로 사드와 관련된 모든 자료를 폐기하고 보고조차 하지 않은 전적이 있다.

사드로 인해 중국 내에 한한령마저 내려져 한국이 막대한 피해를 입었다는 사실을 신임 대통령이 뻔히 아는데도 자기들 마음에 안 드는 대통령이라는 이유 하나만으로 국방부에서 사드에 대한 것만 쏙 빼 버리고 보고한 것이다.

살아 있는 권력, 그것도 이제 막 취임한 대통령도 그런 식으로 무시하는 국방부가 과연 이제 레임덕이 시작되어 죽어 가는 대통령이 시키는 대로 할까?

그럴 리가 없다.

"이것도 저것도 못 한다면 우리가 할 수 있는 일은 없는 것 같은데요."

고연미 변호사는 어쩔 수 없다는 듯 어깨를 으쓱했다.

"그렇잖아요. 우리가 개인적으로 접근해서 설득할 수 있는 것도 아니고요."

"물론 필요하다면 접근할 수 있겠지만."

그러자 이야기를 듣던 김성식이 말했다.

"우리라면 그렇겠지. 그러나 노형진 변호사라면 가능할 거야."

노형진이 CIA에 말한다면 그들은 연구원들의 개인 정보를 넘겨줄 거다.

그리고 그 정보를 기반으로 접근해서 설득한다면 어느 정도는 동의해 줄 거다.

다들 그런 상황에 대해 모르지는 않을 테니까.

"하지만 그 정보를 얻었다는 것 자체가 문제가 되겠지."

그런 연구원들의 개인 정보는 최고 기밀에 들어갈 테니까.

"그렇잖아도 국방부와 국정원은 노형진 변호사를 좋아하지 않네. 그걸로 반역 혐의나 국가 기밀 누설 혐의를 뒤집어 씌울 수도 있어."

"맞습니다."

그들은 노형진을 물어뜯고 싶어서 안달이 난 상황이다.

김성식의 말에 무태식이 조심스러운 얼굴로 동의했다.

"하지만 이번만큼은 위험하더라도 좀 극단적 방법을 써야 할 것 같습니다."

"그렇기는 한데……."

"그리고 아무리 국방부나 국정원이라고 해도 제가 아니라 마이스터를 대상으로는 그런 수작질을 하지 못할 테니 마이스터를 앞장세울 수밖에 없겠네요."

"하긴, 그건 그렇겠군."

노형진은 한국인이니 그들이 군사기밀 운운할 수 있겠지만 마이스터는 미국 기업이니 국방부와 안기부에서 아무리 날뛰어 봐야 이빨도 안 먹힐뿐더러, 그걸로 소송한다 해도 미국 법원에서 그런 말도 안 되는 주장을 받아들여 줄 리가 없다.

더군다나 마이스터는 아프가니스탄 사태 해결 이후 미국 정부의 지원을 받아 한국 군대에 대한 개혁을 추진하며 점점 압박하는 상황이라서, 한국 정부는 더더욱 마이스터에 말도 안 되는 헛소리를 할 수가 없는 상황이었다.

그도 그럴 것이 마이스터는 실제로 군사기밀에 접근할 수 있는 권한을 어느 정도 가지고 있기 때문이다.

"자네 말대로라면 일단 신분을 확인하는 거야 어떻게 해결 된다지만, 그걸 안다고 해서 그 연구원들에게 국방부가 정당 한 대가를 지급할 거라고는 보지 않네만."

김성식은 당연하다는 듯 말했다.

국방부도 그들의 신분이 이미 드러나 있다는 걸 알고 있다.

그런 상황에서 과연 그들이, 마이스터에서 신분 좀 알았다 고 해서 인건비를 올려 줄까?

아닐 거다.

하지만 그렇기에 노형진은 다른 방법을 이미 생각해 둔 상 태였다.

"제가 보기에 문제가 되는 건 여기 과학자나 기술자와 같 은 연구원들이 아닌 것 같습니다."

"네?"

"무슨 말인가?"

"그들이 아니라니요?"

고연미도, 김성식도, 무태식도 하나같이 노형진의 말에 어리둥절한 얼굴로 물었다.

　자신들이 도움을 줘야 하는 대상은 그들이 아니던가?

　하지만 노형진은 다르게 생각했다.

　"물론 우리가 그들을 도와줘야 하는 건 사실입니다. 하지만 그들한테 의뢰받은 것도 아니고, 그렇다고 그들이 범죄를 저지른 것도 아니지 않습니까?"

　"그야 그렇지."

　"실제로 문제를 일으키고 있는 건 그들이 아니라 국방부와 정부죠."

　"그것도 그렇고."

　"그러면 우리가 노려야 하는 대상은 정부 같습니다만?"

　"그 말이 맞군."

　결국 그들을 어찌어찌 만나서 설득한다고 해도 결국 정당한 보상을 달라고 하는 건 별개의 문제다.

　국방부와 정부 그리고 기업에서는 절대로 순순히 동의하지 않을 테니까.

　"연구원의 숫자를 생각하면 매년 수백억이 왔다 갔다 할 테니까요."

　"그래서 어떻게 하려고?"

　"제 생각에는 말입니다……."

　노형진은 잠깐 고민하는 듯하더니 곧 미소를 지었다.

"일단 그 연구원들을 빼고 일을 진행하죠."

"어떻게? 협상도 없이? 의뢰도 안 받고?"

"뭐, 변호사로서는 그렇게 하면 힘들죠. 하지만 이번에는 다른 방법을 써 볼까 생각 중입니다."

"다른 방법?"

"애국노가 되어 볼까 합니다."

"애국노?"

낯선 말에 다들 어리둥절한 표정을 지었지만 노형진은 그저 웃고만 있을 뿐이었다.

애국노가 되자

애국노라는 말은 흔하게 쓰이는 말은 아니다.

사실 미래에는 좀 알려지지만 아직은 사람들이 거의 모르는 단어다.

애국노는 애국자와 매국노의 합성어다.

분명 행동은 매국노인데 결과적으로는 조국에 도움이 되는 사람들을 뜻한다.

대표적인 예로 우크라이나의 전 대통령인 페트로 라시노프가 있다.

그리고 그가 애국노라는 단어를 널리 퍼트린 사람이기도 하다.

페트로 라시노프는 원래 우크라이나의 대통령이었지만 부

정부패로 해외로 도주한 범죄자로, 우크라이나에서는 꼭 잡고 싶어 하는 악당이었다.

그런데 아이러니하게도 그는 우크라이나가 침략당하자 가장 먼저 우크라이나로 돌아왔다.

심지어 그냥 온 것도 아니었다. 자기가 빼돌린 돈으로 막대한 무기와 식량을 사 가지고 왔다.

거기다가 그걸로 민병대를 모집해 자신의 부대를 만들었다.

그것만으로도 기가 막힐 일인데, 심지어 그는 부대만 전방으로 보낸 게 아니라 자신이 총을 들고 부대를 이끌고 직접 전선에 뛰어들었다.

그 결과, 분명 매국노였으나 우크라이나를 지키는 최전선의 투사가 되어 그에게 애국노라는 별명이 붙었다.

오죽하면 그런 그의 행동에 나중에 선역으로 변하는 흔한 악역 밈이 붙어서 '내가 먹을 건 내가 지킨다.' 또는 '내가 나라를 망칠 수는 있어도 다른 놈이 망치는 건 두고 볼 수 없다.'라는 밈이 생길 정도였다.

"그러니까 자네 계획은 그 애국노가 되겠다?"

"네. 뭐, 공식적으로는 그렇게 보일 수도 있죠. 하지만 애초에 마이스터가 한국 기업도 아니고요."

"하지만 이거 위험한 거 아닌가?"

"진짜로 하는 건 아니니까요. 애초에 진짜로 이런 짓을 할 수는 없죠."

걱정스러워하던 김성식은 이내 인정한다는 듯 고개를 끄덕거렸다.

이런 짓은 그냥 할 수는 없다. 다른 나라가 가만두고 보지는 않을 거다.

"하지만 중요한 건 그거죠. 진짜로 하려는 것처럼 보인다는 것."

"글쎄. 그런다고 해서 그 사람들이 넘어올까?"

"아니요. 넘어오지 않겠죠."

돈을 보고 넘어왔다면 아마 벌써 오래전에 넘어갔을 거다.

하지만 그들은 애국심으로 일하는 사람들이기에, 금전적 이득과 별개로 자기 일을 하려고 할 거다.

"하지만 중요한 건 그거죠. 공식적으로 접촉한다는 것."

노형진의 말에 김성식이 기가 막힌다는 듯 헛웃음을 지었다.

"공식적인 접촉이라니, 이거 참. 이건 누구도 생각하지 못할 거야."

"불법은 아니지 않습니까?"

"불법은 아니지. 하지만 욕먹을 짓 아닌가?"

"그건 제가 알 바 아니죠. 아시지 않습니까? 욕먹는 걸 두려워한다면 바꿀 수 있는 건 아무것도 없습니다."

그 말에 김성식은 고개를 끄덕거렸다.

노형진의 말대로 욕먹는 걸 두려워하면 바꿀 수 있는 건 아무것도 없다. 두려워도 한발 나아가야 바꿀 수 있다.

"그러니까 욕 좀 먹죠, 뭐."

"하긴, 기업 입장에서는 나쁜 건 아니니까."

노형진의 계획은 간단했다.

바로 군사 연구소를 만드는 것.

실제로 군사 연구소는 여러 곳이 있다. 하지만 대부분은 국가 또는 거대 민간 군사 기업 소속이다.

"그리고 마이스터에는 민간 군사 기업이 있으니까요."

그러니 민간 군사 기업이 군사 연구소를 만드는 건 전혀 문제가 안 된다.

"하지만 그 수익 모델이 영 위험한 건데."

"위험하죠."

문제는 아무리 마이스터가 크다고 해도 그곳을 대상으로 무기를 팔거나 해서 수익을 낼 수는 없다는 거다.

왜냐하면 마이스터와 연관된 군사 기업이라고 해 봐야 하나뿐이기 때문이다.

인디언 군사 기업인 토마호크와 합병한 아레스 밀리터리 그룹.

하지만 토마호크는 경호를 기반으로 하는 곳인지라 딱히 최신 기술이 필요하지는 않다.

그리고 아레스는 최신 기술을 적용할 정도로 규모가 큰 집단도 아니다.

"압니다. 그래서 표면적으로 그런 조건을 내건 거죠. 기업이니까."

아레스군사연구소에서 내건 조건은 바로 신기술의 판매.

지금은 대부분의 기술을 국가에서 독점하거나 컨트롤한다.

기업에서 아무리 팔고 싶어도, 국가에서 허락해 주지 않으면 팔 수가 없다.

"하지만 우리는 아니죠."

기술을 팔 수 있다. 돈만 되면 된다.

이게 얼마나 무서운 소리냐면, 돈만 되면 어떤 나라든 최신 기술을 탑재한 장비를 가질 수 있다는 소리다.

예를 들어 중국이 미국과 동일한 수준의 장비로 만든 기술로 무장한다고 치자.

미국이 그걸 가만히 보고 있을까? 당연히 아니다.

아니면, 북한이 미국 전역이 사거리에 포함되는 미사일 기술을 손에 넣는다면?

정상적인 국가들이라면 당연히 그걸 막을 거다.

"그리고 그걸 막기 위해 저한테 접근할 테고요."

노형진은 그게 기회라는 걸 알고 있었다.

"엿 되는 건 그 잘나신 국방부의 장군님들뿐입니다."

그들은 애국자들의 고혈을 짜서 룸살롱비로 쓰고 싶은 모양이지만 노형진은 그걸 멀뚱히 두 눈 뜨고 보고만 있을 생각이 전혀 없었다.

미다스에서 아레스군사연구소를 만들겠다는 발표를 하자 전 세계 군사 시장이 들썩거렸다.

사실 군사 연구소를 만들겠다는 말 자체는 그다지 이슈가 되지 못한다.

군사 기업들 중에서 연구소 안 돌리는 곳이 없다시피 하니까.

하지만 그렇게 개발한 기술을 다른 나라에 판다는 것은 아주 심각한 문제였다.

대부분의 연구소는 설사 사설 연구소라 해도 국가의 허가를 얻어야만 기술을 팔 수 있기 때문이다.

그런데 아레스군사연구소는 그 주소지와 관할이 미국이나 한국, 유럽도 아닌 뜬금없는 케이맨제도로 되어 있었고, 그곳은 강대국이 마음대로 할 수 없는 타국이었다.

아무리 소국이라고 해도 수출입 허가를 통제할 수는 없는 상황에서 주요 군사기술을 팔겠다는 말에 당장 날벼락이 떨어진 건 다름 아닌 미국이었다.

전 세계에서 가장 발전된 군사기술력을 가지고 있지만 마이스터라면 그에 준하는 기술을 개발해서 팔아먹을 수 있는 곳이기 때문이었다.

당연히 그들은 사실을 확인하고자, CIA 요원인 벤을 노형진에게 보냈다.

그리고 허둥지둥 달려온 벤은 노형진의 말을 듣고 자신도 모르게 안도의 한숨을 내쉬었다.

"흠, 그러니까 쇼다 이거군요."

"네, 벤 요원."

"스미스라고 불러 달라니까요."

벤 요원이 짜증스럽게 말하자 노형진은 씩 웃었다.

"네, 스미스 요원. 진짜로 저희는 해외에 무기 기술을 팔 생각이 없습니다. 그런 걸 팔다니, 미쳤습니까?"

정말로 그런 걸 팔아먹으면 전쟁에서 얼마나 많은 사람이 죽을지 알 수가 없다.

노형진은 전쟁상인이 아니다.

전쟁을 막기 위해 협박이라는 카드를 꺼낼 수야 있겠지만, 전쟁상인들처럼 전쟁을 일으킬 생각은 없다.

"그런데 왜 우리한테 말을 하지 않은 겁니까? 지금 워싱턴에서 얼마나 난리가 났는지 아십니까?"

"제가 먼저 정보를 흘리면 다른 곳에서 정보가 흘러 나갈 가능성이 있으니까요."

하지만 스미스가 직접 접근하면 그의 라인을 통해 바로 올라갈 테니 노형진의 계획이 새어 나갈 가능성은 없다.

"하긴, 쓸데없는 위험부담을 감수할 이유는 없죠."

스미스 요원도 그 부분은 어느 정도 인정한다는 듯 고개를 끄덕거렸다.

"미국뿐만 아니라 다른 나라도 마찬가지입니다. 접근하는 사람들에게만 정보를 흘릴 겁니다."

"그 정보에서 배제되는 나라는 없나요?"

"세 곳이 있습니다. 하나는 중국, 다른 하나는 러시아, 마지막이 한국입니다. 사실 그 세 곳에서는 진짜로 전문가를 빼낼 생각도 있습니다."

노형진의 말에 스미스 요원이 당황한 눈으로 빤히 쳐다보았다.

"네? 할 생각 없다면서요?"

"정확하게는 아무 곳에나 기술을 팔아먹을 생각이 없다는 거지, 기술 개발도 안 한다는 뜻은 아닙니다."

노형진은 느긋하게 말했다.

"미국 입장에서는 손해 볼 게 없을 텐데요?"

"손해 볼 건 없죠, 중국과 러시아라면."

"맞습니다. 그쪽 전문가들은 싸니까요."

한국보다 좀 더 받기는 하지만 그래도 미국보다는 싸다.

"제가 내건 조건은 2억에서 2억 5천입니다."

그 조건은 좀 애매하다.

물론 한국의 세 배나 되는 돈이다.

하지만 유럽이나 미국의 군사과학기술 전문가의 연봉에 비하면, 비슷하거나 애매하게 적다.

"즉, 그쪽에서 인원을 빼는 건 불가능하죠."

그에 반해 중국이나 러시아에서는 두 배거나 근소하게 높다.

"그리고 저희는 추후 그들의 이민이나 이주에 관여하지 않을 겁니다."

즉, 마이스터가 중국이나 러시아에서 빼낸 연구원에게 미국이나 유럽 측이 접근해서 다시 빼낸다고 해도 딱히 막지는 않겠다는 거다.

"호오~ 그래요?"

"네. 하지만 이런 식으로 굴러가면 일이 재미있어지겠죠."

한 나라에서 다른 나라의 연구원을 빼내는 행위는 상당히 위험한 첩보 작전이다.

상대방의 개인 정보를 얻는 방법에서부터 불법으로 가득하니까.

"하지만 우리가 고용하기 위해 광고하는 건 불법이 아니니까요."

그리고 이쪽 조건이 마음에 들어서 접근하는 것까지는 아무리 정부라고 해도 막을 수 없다.

"물론 중국과 러시아는 킬러를 고용해서라도 막겠지만요."

중요한 건 어찌 되었건 노형진의 목적, 즉 한국에서의 인재 차별이 외부에 심각하게 드러난다는 거다.

"하긴, 한국의 인재 차별이 심각하긴 하죠."

"아시나 보군요."

"미국에서 몇 번 경고해 주기는 했습니다. 오죽하면 민간 군사 기업을 통해서 국방부를 개혁하려고 미 정부에서 계획할 정도겠습니까? 다만 개발 문제는 저희 쪽에서도 방법이 없어서 방치하고 있던 영역이기는 하지요."

어찌 되었건 동맹 관계이기에 미 정부에서도 한국에 차별과 착취를 계속하면 인재들이 계속 빠져나갈 거라고 수차례 경고했다.

특히나 그들 중 일부가 실제로 중국으로 튀거나 기술을 빼돌리는 것을 막아 주면서 진지하게 경고하기도 했다.

하지만 대부분의 한국 장성들은 그들이 나가도 그만이며, 그보다는 자기 주머니가 더 중요하다는 입장을 고수했다.

"원래 외부에서 충격을 받으면 인간은 '앗, 뜨거!'라고 반응하는 법이거든요. 미국은 그걸 노렸던 거죠. 하지만 한국에는 먹히지 않았던 거고요."

그 말에 노형진이 의미 모를 미소를 지었다.

"그렇군요. 그러면 우리도 약간의 도움을 드리죠."

"도움?"

"기대해도 좋으실 겁니다, 후후후."

얼마 후 한국 언론에 한 구인 광고가 떴다.

사실 구인 광고를 언론을 통해 하는 경우는 거의 없다.

애초에 구인 광고를 하는 측은 대부분 고용인이고, 그들이 사용하는 구인 사이트는 따로 있기 때문이다.

아주 오래전에는 구인 광고가 일간지 등에 실리기도 했었지만 지금은 사람 구하는 돈보다 광고비가 더 들어서 언론을 이용해 구인 광고를 하는 사람은 없다.

그렇기에 그런 상황에서 마이스터라는 이름으로, 그것도 전면 광고를 내 버리자 대한민국 여론에서는 관심을 가질 수밖에 없었다.

아레스군사연구소에서 알하실 연구원을 모십니다.

이렇게 시작된 광고는 사람들에게 큰 충격을 줬다.

"미친! 연봉이 2억 5천이래."

"나도 가고 싶다."

"덧셈이나 할 줄 아냐, 이 문과 새끼야?"

"아, 씨팔, 문송하네, 진짜."

머리를 북북 긁는 친구의 어깨를 다른 친구가 두들겼다.

"아니, 문송할 필요는 없어. 나도 여기는 못 가."

다른 곳도 아닌 마이스터다. 거기에 기본급이 1억 5천이고 전공이 그쪽이면 5천만 원을 더 준다는 조건.

그런데 그 아래에 매우 의미심장한 조건이 있었다.

국방과학연구소나 군사 기업 관련 경력이 있으신 분은 가산점 있음.

친구는 그 조건을 유심히 보더니 말했다.

"이건 대놓고 그냥 거기서 빼 오겠다는 소리 아냐?"

"글쎄. 가겠다는 사람이 있을까?"

"응? 왜 안 갈 거라고 생각하는데?"

"그 사람들이 얼마나 받는지 모르지만 이것과 비슷하게 받지 않겠어?"

"하긴, 그것도 그렇다."

다들 그렇게 믿었다. 한국의 국방력을 책임지는 사람들인 만큼 막대한 돈을 지급받을 거라고.

그러나 현실은 시궁창이라고 하던가?

"자네 말대로 국방부에서 불편한 티를 내더군."

"내라고 하세요. 언제는 뭐 제가 신경이나 썼습니까?"

노형진은 히죽 웃었다.

"애초에 불편하라고 한 광고입니다."

"하지만 그래도 바뀔 것 같지는 않은데."

"당연히 바뀌지 않을 겁니다. 이 구인 광고에 낚이는 건 국방부가 아니거든요."

송정한의 눈이 휘둥그레졌다.

"국방부가 아니라고?"

"네. 언론과 국민을 낚으려고 한 겁니다."

"언론과 국민?"

"네."

노형진은 고개를 끄덕거렸다.

언론과 국민을 낚아서, 그들의 여론을 국방부에 적대적으로 변화시키는 게 이번 작전의 핵심이었다.

"국방부는 편하게 생각할 겁니다. 어차피 내가 풀어 주지 않으면 아무 데도 못 가는데 신경 쓸 필요가 있겠냐. 하지만 여론에서 족치기 시작한다면 이야기가 달라지겠죠."

"아직 반응이 없던데."

"그거야 제가 아직 인터뷰를 하지 않았으니까요. 실제로는 인터뷰 요청이 미친 듯이 몰려들고 있습니다."

인재를 구하기 위해 전면 광고까지 크게 때렸으니 기자들이 그 떡밥을 안 물 리가 없다.

"그러니 이제 슬슬 떡밥을 회수해야지요, 후후후."

⚖

노형진의 말대로 인터뷰를 하기 전까지는 국방부도, 그리고 군사 관련 기업들도 현 상황에 시큰둥했다. 그랬기에 노형진은 인터뷰에 공을 들였다.

"수많은 국가들을 두고 굳이 한국에서 민간 군사 기업 인재를 모으는 이유가 뭔가요? 역시 한국의 과학기술력에 기대하는 건가요?"

기자는 여느 때처럼 슬슬 국뽕부터 채워 넣으면서 조회 수를 올려 보려고 했다.

하지만 노형진은 그런 그의 기대를 완전히 짓밟았다.

"아니요. 싸서 고용하는 겁니다만?"

"싸다니요?"

"말 그대로요. 과학기술력을 기준으로 비교했을 때 전 세계에서 연봉이 터무니없이 싼 나라가 한국입니다."

"하하하, 물론 한국의 과학기술이 가성비가 좋기는 하지요."

"무슨 말씀이세요? 가성비라니요. 말 그대로 싸다니까요. 저희가 많이 드리는 것도 아닌데."

"많이 주는 게 아니라고요?"

"네. 최대 2억 5천이라는 연봉은 대한민국 규모의 국가들과 비교하면 솔직히 비슷비슷한 수준입니다. 저희도 기업입니다. 마이너스를 봐 가면서 퍼 줄 수는 없습니다. 당연히 저희가 생각하는 합리적이고 일반적인 기준에서 임금을 책정한 겁니다만."

"네?"

노형진의 말에 인터뷰를 하던 기자는 이상하다는 느낌이 들었다.

보통 이런 인터뷰를 할 때는 애국심을 불러일으킬 만한 멘

트, 예를 들면 '한국 과학기술의 미래가 밝다.'라든가 아니면 '한국의 과학기술은 세계 제일' 같은 이야기가 나와야 하는데 연봉이 싸다니?

'뭔 중국이야?'

노형진의 말은 마치 한국인의 연봉이 너무 싼 것을 이용해 마이스터가 중국처럼 저렴하게 고용하려 한다는 것처럼 들렸다.

하지만 기자는 도무지 그 말이 이해가 되지 않았다.

그럴 정도로, 그는 설마 한국의 군사기술 전문가에 대한 대우가 중국만도 못하리라고는 상상도 못 했던 거다.

"전 세계적으로 군사과학기술 전문가의 연봉이 2억 5천 정도인가 보군요."

"나라마다 차이가 있습니다만 솔직히 이 정도면 중간 수준입니다. 중국 같은 경우는 3억 넘는 사람도 제법 됩니다."

"오, 그래요?"

"네."

"그러면 중국에서 고용하는 게 좋지 않을까요?"

"중국에서 3억 받던 사람이, 평균임금 2억 5천인 곳으로 굳이 조건을 낮춰 가면서 이직하려 하지는 않겠죠."

"아, 그렇군요. 좀 전에 한국이 싸다고 하셨는데, 그러면 한국은 얼만데요? 한 2억쯤 됩니까?"

싱글벙글 웃으며 대수롭지 않게 질문하던 기자는 이어지

는 노형진의 말에 자신의 귀를 의심했다.

"평균 7천에서 8천입니다."

"얼마요?"

"평균 7천에서 8천요. 아, 고위직 중에는 억대 연봉자도 있다고 했으니 그것까지 고려하면, 흠…… 한 6천만 원에서 7천만 원밖에 안 하겠네요."

"고작…… 말입니까?"

"제가 말씀드렸잖습니까? 과학기술자의 임금이 세계에서 가장 싸다고."

물론 환율 같은 걸로 인해 더 싼 나라들도 분명 존재한다.

하지만 그런 나라들은 상대적으로 과학기술력이 떨어진다.

물론 그런 나라들에도 돈과 상관없이 애국심으로 일하는 사람들은 존재하지만…….

'중요한 건 그게 아니지.'

한국은 전문가들에 대한 대우가 박한 걸 넘어서 노예 수준 이다.

이런 현실을 국민들의 머릿속에 집어넣는 것. 그게 바로 노형진의 계획이었다.

"솔직히 말해서 한국은 수많은 기술을 보유한 선진국입니다. 당장 KF-21만 해도 차세대 전투기라고 하죠. 그런데 연봉 7~8천만 원이라니, 이게 노예가 아니면 뭘까요? 그리고 저희는 연봉 외에 학자금 지원이나 기타 품위 유지비 등도 제공할 의향이 있습니다. 하하하."

그렇게 말하는 노형진은 웃고 있었지만 기자는 마주 웃을 수가 없었다.

'고작 그걸 받는다고?'

적어도 너무 적게 받는다.

기자는 실망했다.

하지만 그건 그들이 돈을 적게 받기 때문이 아니었다.

'이걸로는 이슈를 못 빨아먹겠는데?'

당연히 국뽕으로 가득한 이야기가 나올 거라 생각해서 죄회 수 좀 빨아먹을 수 있을 거라 기대했다.

그런데 국뽕이 아니라 남의 월급 이야기라니.

그때 노형진의 목소리가 들려왔다.

"더군다나 이야기를 들어 보니 가관이더군요."

"가관이라니요?"

"네. 성과급도, 국가 기밀이랍시고 다 빼앗아 갔다던데요?"

그 말에 기자는 혹했다.

"국가 기밀요? 그게 왜 국가 기밀이랍니까?"

"모르죠. 제가 접한 정보는 그렇습니다. 성과급도 국가 기밀이라고 모조리 빼앗아 갔다고. 그런데 그 돈이 어디로 갔는지는 이야기해 주지 않는다고."

노형진은 어깨를 으쓱하며 말했다.

"뭐, 그 돈으로 장군님들이 룸살롱에서 질펀하게 놀았는지도 모를 일이죠. 아, 이 부분은 좀 빼 주세요. 그냥 개인적인 의심일 뿐이니까."

그 말에 기자는 혹했다.

'하긴, 대한민국 장군님들이라면 그러고도 남을 분들이지.'

물론 정식으로 지급되는 임금을 중간에 빼돌려서 룸살롱에서 쓰지는 못한다.

예산안을 올려서 정식으로 허가받아야 하는 거니까.

하지만 그게 뭐 어떻단 말인가?

중요한 건 조회 수다.

월급도 상대적으로 적은데 보너스는 터무니없이 적고, 그나마도 장군님들이 슈킹하셨다?

진실과는 상관없이 조회 수는 제법 달달하게 나올 거다.

"싼 가격에 최고급 인재를 빼 올 수 있다면 그거야말로 완전히 남는 장사 아니겠습니까?"

노형진이 씩 웃으며 기자에게 말했다.

"그렇지요."

기자는 떨떠름한 표정으로 고개를 끄덕였다.

하지만 그런 기자의 머릿속은 복잡하기 그지없었다.

'이걸 어떻게 자극적으로 바꾼다?'

이미 기자의 귀에는 노형진의 말 따윈 들어오지도 않고 있었다.

그런 기자의 모습을 보고 그 사실을 알아차린 노형진은 속으로 씨익 웃었다.

'제대로 낚였네, 후후후.'

⚖️

한국은 전문가들을 노예로 삼는다. 나는 합당한 대가를 지불
하려는 것뿐

역시 한국 기자 아니랄까 봐 제목 하나는 아주 자극적이고
기깔나게 뽑았다.

웃긴 건, 그렇게 자극적으로 뽑은 제목이 실제로 노형진이
노리는 걸 완벽하게 표현한 말이었다는 거다.

−고작 8천? 나도 1억인데?

−8천이 고작이냐? 장난해? 이 정도면 충분하지! 나도 8천밖에
못 받아.

−윗분 병신임? 한국을 대표하는 전문가랑 님이 같음?

−아니 씨팔. 내가 뭐 어때서? 나 대기업 다녀, 새끼들아.

−그니까 그게 문제인 거야. 세계적 레벨의 석학이랑 대기업 다닌
다고 자뻑에 빠진 병신이 어떻게 급이 같냐고.

−나 미국에서 배울 때 담당 교수님이 미 정부에서 자문하고 1년
에 자문료만 4억을 받았다, 새끼들아. 연구도 아니고 자문만 4억인

데, 뭐? 8천?

　－우리나라 가난한가 보네.

　－우리는 저런 걸 노예라고 부르기로 했어요.

　－나도 8천만 원 받고 싶다.

　－직업이 뭔데요?

　－방구석 전문가요.

　－아니, 님이 8천 받은 거랑 저분들이 8천 받는 건 급이 다르다니까. 그리고 방구석에서 전문가 할 게 뭐가 있어. 백수란 말을 고차원적으로 하시네.

　여론은 여러 가지로 나뉘었지만 그래도 전반적인 분위기는 한결같았다.

　연봉이 터무니없이 적다는 거였다.

　하지만 여론은 딱 거기까지였다.

　그들이 적다고 생각한다 해도, 국방부를 대상으로 들고일어나지는 않을 테니까.

⚖

　"후우~."

　국방과학연구소의 연구원 중 한 명은 허공에 담배 연기를 흩날리면서 긴 한숨을 내쉬었다.

"선배님, 뭐 하세요?"

"응? 아니야."

담배를 피우던 연구원은 후배의 말에 그냥 별거 아니라는 듯 말했다.

"아니, 보니까 팀장이 찾던데요? 일 안 하고 어디 갔냐고."

"지랄하네, 쌍놈의 새끼. 담배 한 대를 못 피우게 하네."

물론 위에서 실적을 내놓으라고 매일같이 지랄하는 건 안다.

하지만 지랄은 지랄이고, 과학이 어디서 짜잔 하고 결과물이 나오는 건 아니지 않은가?

"무슨 게임 하냐? 돈만 처바르면 '업그레이드 컴플리트~.' 하면서 막 기술이 튀어나오게?"

"아하, 선배님도 그 고민 중이구나."

"'도'라니?"

"그런 고민을 하는 선배님이 한둘이 아니거든요."

평소 뺀질거리면서 슬슬 잘 숨어 다니던 후배였지만 그 덕에 의외로 많은 사람들과 이야기를 나눌 수 있었기에 대충 상황을 알 수 있었다.

"그래?"

그 말에 선배는 순간 호기심이 동했다.

"얼마나 고민하는데?"

"안 하는 게 이상한 거 아니에요? 솔직히 그렇잖아요. 우리에게 주는 돈이 많은 것도 아니고. 돈 주면서 업그레이드 컴플리트를 요구하면 이해라도 되죠. 그런데 우리는 돈도 못 받잖아요."

"하긴, 지랄 같지. 씨팔."

그는 제대로 씻지 못해 더벅머리가 된 머리카락을 헤집으면서 말했다.

"내가 이 꼴 보려고 여기에 왔나 싶다, 진짜."

그는 미국에서 공부한 해외 유학파로, 심지어 학교에서도 그가 한국에 돌아간다고 했을 때 교수 자리를 줄 테니 가지 말아 달라고 붙잡았던 실력자였다.

그런 그가 한국에 온 건 독립운동가인 할아버지의 정신을 이어받아서 부국강병한 나라를 만들고 싶어서였다.

그랬는데…….

"니미럴. 이게 뭐 하는 짓거리야?"

월급은 미국에서 받던 것의 4분의 1도 안 준다.

그래도 그것까지는 참을 수 있었다.

하지만 연구 환경이 너무 지랄 같았다.

미국에서 연구할 때는 따로 별도로 신청하지 않고 그냥 저장 센터에 가서 반출자 이름과 반출하는 내용을 적고 필요한 만큼 재료나 장비를 가지고 가면 됐다.

반도체를 비롯한 그 어떤 것도 원하는 대로 쓸 수 있었다.

하지만 한국은 아니었다.

한국은 반도체라도 하나 쓰려면 일단 신청서를 제출해서 품의를 받은 뒤 다시 위에 제출해서 허가받은 다음 센터에 제출하고 받아 오는 과정을 거쳐야 한다.

미국에서는 길어 봐야 10분 걸리는 걸 온갖 지랄맞은 과정과 서류 작업 때문에 보통은 이틀, 길면 일주일씩 기다려야 필요한 물건이 나온다.

"아니, 씨팔. 그래 놓고는 연구 결과 안 나온다고 지랄하면 어쩌자는 거야?"

"뭐, 그게 어디 선배님만의 문제인가요?"

후배도 안다는 듯 고개를 끄덕거렸다.

"다들 똑같이 당하니까 뭐, 말을 해도 들어 처먹지를 않는데요."

농담이 아니라 실제로 그렇다.

물론 수십 차례, 아니 수백 차례에 거쳐서 시스템 좀 바꿔 달라고, 서류 작업과 대기 기간만으로 연구 시간의 3분의 2는 날린다고 말했다.

"도둑질? 하, 진짜 어이가 없어서."

그런데 상부의 말이 가관이었다.

혹시나 반도체를 훔쳐 갈까 봐 그렇게 할 수가 없단다.

"장난하나, 씨팔."

반도체가 비싸기는 하다.

하지만 그래 봤자 몇만 원 내외다.

상식적으로 고작 몇만 원짜리 반도체나 훔칠 바에는 여기를 떠나 해외에서 당당하게 네 배 이상의 돈을 받고 일하는 편이 낫다.

심지어 중국 가면? 대여섯 배쯤은 받을 수 있다.

오로지 단 하나, 나라를 위해 포기하고 한국에 들어왔는데 그런 사람에게 한다는 말이 '너희가 도둑질할까 봐 연구 지원을 충분히 못 해 준다.'인데, 무슨 말을 하겠는가?

"그, 옆 팀에 준민 팀장님도 이직할까 생각 중이래요."

"뭐, 준민이 선배가?"

"네. 준민 팀장님 애들 지금 죄다 고등학생이잖아요."

"그렇지. 선배도 지옥문 열렸네."

준민은 일찍 결혼한 편이었다.

실력도 좋고 애국심도 뛰어나다.

물론 애를 세 명이나 낳은 시점에서 이미 충분히 애국자라고 동료들은 낄낄거렸지만 말이다.

"올해 첫째가 고 3이고 둘째가 고 2, 셋째가 고 1이니까요."

"환장하겠네, 준민 선배도."

더군다나 남자라면 돌아가면서 군대라도 보내겠는데, 첫째와 둘째는 딸이고 막내가 아들이라 그럴 수도 없다.

즉, 조금 있으면 셋 다 대학을 보내야 한다는 뜻이다.

그러면 1년에 등록금만 천만 원이다.

"거기다 그 선배, 등록금만 문제가 아니잖아요."

"하긴, 그것도 그렇다."

연구소는 지방에 있으니 서울로 갈 수 없는데, 자식 셋이 다 자기 아빠를 닮아서 그런지 공부는 오질나게 잘한다.

그래서 셋 다 거의 확정적으로 한국대에 간다고 하는데, 셋을 한꺼번에 보내려면 1년에 등록금만 3천만 원에 최소한 한국대 주변에 있는 빌라를 얻어야 한다.

그런데 한국대 주변의 빌라는 2억부터 시작이다. 그것도 월세 보증금이.

"거기다 월세 있죠, 애들 생활비에 용돈에 공과금에⋯⋯."

"야, 말도 하지 마. 듣는 나도 숨 쉬기 힘들어진다."

그 말에 선배도 질린 얼굴이 되었다.

그도 그럴 것이, 그 또한 애가 둘인 데다가 첫째가 중 3이고 둘째가 중 1이다. 다시 말해서 그도 얼마 안 남았다는 뜻이다.

"그래서 준민 선배가 그 마이스터에 접촉할까 생각 중이래요."

"뭐?"

선배는 깜짝 놀랐다.

"농담이 아니라 진짜로?"

"에이, 이런 걸로 제가 왜 거짓말을 해요. 지금 같은 고민을 하는 선배들이 한둘이 아닌데."

"끄응."

그 말에 선배의 얼굴이 점점 더 찌푸려졌다.

자신과 같은 고민을 하는 사람들. 그들의 마음이 이해됐기 때문이다.

"하지만 준민 선배가 나가면 KF-21은 어쩌고?"

그가 담당하는 건 전투기의 눈이라고 할 수 있는 레이더다.

더군다나 KF-21에 들어가는 레이더는 일반 레이더도 아니다. 미국에서 끝까지 관련 기술은커녕 관련된 정보 자체를 주지 않으려 하는 에이사 레이더다.

그걸 개발하기 위해 그 선배가 얼마나 피 토하게 야근하고 고생했는지 봤기에 그는 놀랄 수밖에 없었다.

물론 거의 완성되긴 했지만 여전히 고칠 점은 많았고, 현재 팀 내부에서 그에 대해 가장 잘 아는 사람은 다름 아닌 준민 팀장이었다.

말 그대로 제로에서부터 시작해 지금의 에이사 레이더를 만들어 낸 장본인이니까.

"그런데 진짜로 이직한다고?"

"고민 중인가 봐요."

"야, 이거 좆 된다. 그러면 진짜 좆 되는 거야."

레이더 없는 전투기는 그냥 눈먼 장님일 뿐이다.

거의 완성된 레이더와 완성된 레이더는 완전히 다른 문제다. 더군다나 준민은 그 프로젝트의 핵심 인재.

"위에서는 뭐라는데?"

"뭐…… 말도 못 하죠."

"하긴, 말해 봤자 무슨 소용이 있겠냐."

자신만 해도 몇 번이나 임금 문제로 이야기했지만 위에서 하는 소리는 언제나 똑같았다.

애국심을 가지고 노력해 달라.

"니미럴. 애국심은 씨팔."

그들은 알까? 그런 말을 할 때마다 있던 애국심도 점점 차갑게 식어 간다는 걸.

"근데 선배."

"왜?"

"준민 선배만 문제가 아닌 것 같던데요."

"응? 뭐? 그게 무슨 소리야?"

"에이사 팀 전부 이직을 생각하는 눈치예요."

그 말에 그의 얼굴은 딱딱하게 굳었다.

만일 그들이 다 이직하면 어떻게 될까? 당연히 에이사 레이더 개발은 올스톱 된다.

물론 윗대가리는 인원을 보충하면 그만이라 생각하겠지만 새롭게 보충된 인원이 에이사 레이더에 대해 알 리가 없고, 그에 대해 공부하는 데에만 못해도 3년은 더 걸릴 거다.

더군다나 공부만 3년이지 그 후에 오류를 잡고 개선까지 하려면 못해도 5년은 걸린다.

즉 KF-21은 최소 3년, 최악의 경우 5년간 개발이 연기될 수밖에 없다는 거다.

"아니, 씨팔, 그게 뭔 소리야? 지금 거의 코……."

소리를 지르려 하던 선배는 다급하게 목소리를 낮추며 주변을 두리번거리다가 말했다.

"거의 코앞인데 다 때려치운다고?"

"네."

"뭔 개 같은 경우야?"

"소문 들었잖아요, 항공 제어 팀 엿 먹은 거."

"끄응."

사람들은 스텔스 항공기라고 하면 좋아하지만 사실 스텔스 항공기는 비행에 잘 맞는 형태가 아니다. 도리어 비행에 상당히 방해되는 형태다.

당연히 비행기가 불안정해지는 걸 컴퓨터가 끊임없이 교정해 주지 않으면 스텔스 항공기는 추락하고 만다.

그래서 자세제어 프로그램은 스텔스 항공기 KF-21에 필수적이며, 미국이 주지 않은 가장 핵심 기술 중 하나였다.

그리고 항공 제어 팀에서 얼마 전 제어 프로그램을 완성했다는 소식이 들려왔다.

그런 건 팀 간에 공유를 하지 않을 수가 없다. 서로 일정을 맞춰야 하니까.

하지만 그것과 별개로 다른 소문이 돌았다.

해당 팀의 팀장이 몇 년간의 고생 끝에 제어 프로그램을 개발한 팀에 성과급이라도 달라고 윗선에 부탁했는데, 국방부에서 돈을 주면 주요 개발자가 누군지 드러난다는 이유로 단박에 거절했다는 거다.

심지어 당연히 잠깐이라도 줄 거라 예상했던 휴가조차 주지 않고 다른 프로그램 개발 쪽으로 돌려서, 해당 팀은 쉬지도 못하고 다시 일에 내몰리고 있다고.

"딱 각 나오잖아요."

"씨팔."

완성해 봤자 좋은 꼴 못 본다. 그게 눈에 빤히 보이는데 그걸 완성하고 싶을까?

차라리 그 전에, 몸값 비쌀 때 이직하고 싶어지지 않을까?

"이거 좆 된 것 같은데?"

그의 머릿속에서는 어느새 '나도 이직해야 하나.'라는 심각한 생각이 자리 잡고 있었다.

⚖️

오준민은 머릿속이 복잡했다.

어떻게 한 건지 자신에게 접근한 CIA의 요원.

그는 길게 말하지 않았다. 단 한마디만 했다.

─제대로 대우받고 싶다면 마이스터와 접촉하십시오.

처음에는 마이스터로 가라는 소리인 줄 알았다.

하지만 그가 생각하기에 그건 말도 안 되었다.

미국으로 오라는 것도 아니고 마이스터와 접촉하라고 했으니까.

더군다나 이번 일만큼은 미국에서도 우려를 표명하고 있다.

돈만 있으면 군사기술을 넘기겠다는데 당연히 우려를 표명하지 않을 수가 없다.

그런데 그 CIA 요원은 그런 상황을 빤히 알면서도 대우받고 싶으면 마이스터와 접촉하라고 했다.

가라는 것도 아니고 단순히 '접촉'하라는 말이 오준민은 영 꺼림칙했다.

그랬기에 그는 고민하다가 대놓고 마이스터, 정확하게는 노형진과 만나기로 했다.

'뭐, 은밀하게 만나려 해 봤자 뻔하게 알 테니까.'

자신 같은 사람에게는 무조건 국정원에서 한 명 이상 붙여 둔다는 걸 알기에 은밀하게 만나면 도리어 의심받는다.

하지만 당당하게 만나면 도리어 위에서 지랄할지언정 심하게는 못 한다.

더군다나 이렇게 새론 내부의 은밀한 곳에서 만나면 아무리 국정원이라 해도 어떤 대화를 나눴는지까지 알아낼 수는 없다.

"이거야 원. CIA가 손님을 보내 준다고 하더니 큰손님을 보내 주시는군요."

오준민을 본 노형진은 기쁜 듯 웃었다.

"제대로 대우받고 싶다면 이야기를 나눠 보라고 하더군요."

"맞습니다."

"일단 만나는 뵙습니다만, 죄송한데 제 담당이 뭔지는 말씀 못 드립니다."

그는 당당하게 말했다.

아직 이직이 결정된 것도 아니거니와 어찌 되었건 자신은 1급 군사기밀을 취급하는 사람이니까.

하지만 노형진은 신경 쓰지 않았다.

"아, 상관없습니다. 사실 뭘 하셔도 상관없죠."

"네?"

"사실은 사업할 생각이 없거든요."

그 말에 오준민의 얼굴이 굳었다.

그는 이직을 생각하고 있었다. 그래서 지난 며칠간 잠도 제대로 못 잤다.

그런데 사업을 안 한다니?

"지금 누구 놀립니까?"

"정확하게는, 놀리려 하는 대상은 여러분이 아니라 국방부입니다."

"국방부?"

"이 새끼들이 전문가들을 노예 취급하는 거에 불만이 많아서요. 의뢰받은 부분도 있고요.”

“의뢰요? 누가요?”

오준민은 믿을 수가 없었다.

누가 자신들을 도와주라고 굳이 의뢰를 넣는단 말인가?

그런 오준민에게 노형진은 웃으며 말했다.

“네, 송정한 의원님이 그러시더군요. 전문가들이 노예 취급받고 있으니 제대로 된 대우를 받을 수 있게 해 달라고.”

그 말에 오준민은 할 말이 없었다.

얼마 전에 자신도 소문은 들었으니까.

송정한 의원이 국방부에 항의 방문했지만 국방부에서 도리어 엿 먹어를 시전했다던가?

물론 진짜로 엿 먹으라고는 안 했을 거다.

하지만 그가 왔다 간 다음에도 바뀐 건 전혀 없었고, 그건 국방부가 송정한이 한 말을 철저하게 무시했다는 의미다.

“그래서, 저희를 고용하시겠다는 겁니까? 그 많은 돈을 주고요?”

“물론 필요하다면 그렇게 하겠습니다만, 사실 그럴 생각까지는 없습니다.”

“하긴, 그럴 겁니다. 이직 금지 조항이 있으니.”

단순히 이직하는 게 불가능한 건 아니다.

하지만 자신들은 어딜 가도 국방부과 군사 기업에서 소송을 걸어서 자신들의 지식을 사용할 수 없도록 만들기에 이직하고 싶어도 할 수가 없다.

"아, 오해하셨군요. 그건 문제가 안 됩니다."

"네? 어째서요?"

"어차피 저희 회사는 해외에 자리 잡은 곳이거든요."

"네?"

"이직 금지 조항이 있다고 해도 국방부에서 태클을 걸 수 있는 건 한국뿐이라는 거죠."

아레스군사연구소는 공식적으로 케이맨제도에 위치하고 있다.

물론 마이스터가 미국을 넘어 이제는 다국적기업이라서 그런 것도 있지만, 현실적으로 한국 정부의 압박을 피할 수 있기 때문이다.

"그게 무슨 말입니까?"

"간단한 겁니다. 국방부와 한국 기업이 사용 금지 가처분 신청을 내린다 해도, 한국 법원이나 받아 주지 해외 법원이 받아 줄 리는 없다는 거죠."

노형진은 어깨를 으쓱하며 말했다.

하물며 케이맨제도는 전 세계 탈세의 핵심 지역 중 하나다. 당연히 수많은 나라의 법원 판결문이 날아오지만 모조리 쌩까는 걸로 유명하다.

"애초에, 제가 다른 수많은 기업들을 두고 왜 굳이 민간 군사 연구소라는 타이틀을 걸었는지 아십니까?"

"아니요."

"아무리 성장했다고 해도 마이스터는 미국 기업이니까요. 연구소 자체는 케이맨제도에 있지만 기술의 판매나 공유는 결국 미국의 허락을 받아야 할 겁니다. 연구소에서 기술 개발은 하겠지만 그걸 파는 건 마이스터가 될 테니까요. 하지만 미국에서 허락을 안 하거든요."

"안 한다고요?"

"네."

한국 국방부와 한국의 군사 기업들이 흔하게 쓰는 방법이 뭐냐면, 기업을 압박해서 자료를 빼앗아 간 뒤 다짜고짜 자기들의 연구 결과와 비슷하다면서 사용 못 하게 막는 것이었다.

"그 말은, 한국이 자기네 기술이랑 같다는 걸 증명하려면 미국의 기술과 비교를 해야 한다는 뜻이거든요. 그런데 국방부가 비교해야 되니까 기술을 내놓으라고 하면 미국에서 '네.' 하고 주겠습니까?"

정당하게 사 가는 것도 아니고 비교를 하기 위해서 내놓으라고 한다?

미국이 통째로 미치지 않는 이상에야 당연히 주지 않을 것이다.

애초에 법원도 허락하지 않는다.

법원에서 허락하지 않는 정도로 끝나면 다행이다.

"미 정부에서 극렬하게 반대할 겁니다. 사실상 말이 반대지 한국 정부를 개박살 내겠지요."

"아!"

그건 생각하지 못했던 오준민은 탄성을 내질렀다.

"비교할 게 없으면 그들은 자기 거라고 주장도 못 합니다."

이직한 직원이 실제로는 한국에서 근무를 한다 해도 미국 기업의, 그것도 군사기술 업체의 서버를 압수수색하거나 해킹하는 건 대놓고 미국에다가 전쟁하자고 하는 꼴밖에 안 된다.

"저희가 미국에 적을 둔 이상 한국 국방부는 절대로 손대지 못합니다."

"하지만 사업 안 하신다면서요?"

"네, 안 합니다. 솔직히, 해서 뭐 합니까?"

해 봐야 미국을 이길 수는 없다.

물론 한국 기술진의 기술이 좋은 건 사실이다.

미국에서 절대로 정보를 주지 않는 에이사 레이더 같은 것을 자체 개발하기도 했으니까.

하지만 그건 어디까지나 후발 주자로서 따라가는 거다.

차세대 기술에 대한 신개념 설정 및 개발은 돈지랄의 향연이다.

"그걸 이미 하고 있는 미국 군사 기업들의 규모를 보면 애초에 이길 수 있는 수준도 아니고요."

이기려 하면 이길 수야 있겠지만 그들도 미 정부와 아주 끈끈한 선이 있다.

즉, 신개념이나 신기술을 아무리 만들어 봐야 미국 정부에서 받아 주지 않으면 그냥 돈 날린다는 뜻이다.

"그리고 현실적으로 미국 정부에서 그걸 받아 줄 리가 없거든요."

이미 자신들과 거래하는 곳이 있으니까.

"하지만 해외에 판다고 하시지 않았습니까?"

"그랬죠. 하지만 솔직히 미국이 팔도록 두겠습니까?"

아무리 연구소가 케이맨제도에 있다지만 마이스터가 미국에 속해 있는 이상 신기술이나 신개념이 나오는데 미국이 팔게 둘 리가 없다. 바로 수출 금지를 걸어 버릴 거다.

설사 그게 안 먹히더라도 마이스터에 압박을 가할 방법은 너무나도 많다.

그랬기에 노형진은 그저 쇼를 할 뿐, 진짜로 팔아서 수익을 낼 생각은 전혀 없었다.

"중국에서도 고용할 거라는 소문도 있던데요?"

"아, 그 소문은 저희 쪽에서 낸 겁니다. 하지만 안 할 겁니다."

"왜요?"

"뻔하죠. 중국 애들이 어떤 애들인데요."

중국에서는 당연히 전문가를 보내지 않을 거다.

만일 어떤 연구원이 중국을 배신하고 아레스군사연구소로 넘어왔다?

그러면 그들은 거의 100% 암살자를 보내서 그 연구원을 제거할 거다.

"하지만 다른 기업들에는 중국인 연구원들이 엄청 많은데요."

"네. 그리고 그 후에 중국은 엄청난 발전을 해 왔지요."

그 말에 순간 오준민은 소름이 돋았다.

하긴, 보안에 관해서 신경 쓰는 조직에 속해 있으니 그게 의미하는 바를 모를 리가 없다.

"그들이 중국의 스파이다 이겁니까?"

"그럴 가능성이 높죠. 들어올 때부터 스파이였는지 아니면 들어가고 나서 스파이가 된 건지는 알 수 없지만 연구직, 특히 고위 연구직에 있는 중국인들은 거의 90% 이상이 스파이라고 봐도 무방합니다."

물론 그들이 정말로 스파이라는 의미는 아니다.

도리어 그들은 기술 개발에 열을 올리고 열심히 일한다.

"문제는 말이죠, 그 개발비는 중국 돈이 아니라는 거죠."

기술을 개발하는 데에는 어마어마한 돈이 든다.

1~2억으로는 턱도 없고, 기술에 따라서는 수천억씩 들기도 한다.

하지만 중국에서는 그 돈을 들여서 그걸 개발하고 싶어 하지 않는다.

솔직히 중국 입장에서는 지금 미국의 기술을 따라가기에도 벅차니까.

"그러면 어떻게 해야 할까요?"

"으음……."

"간첩이 일을 하지 않는다는 건 말도 안 되죠. 우리나라 국정원이 무능해서 그런 헛짓거리를 하는 거죠."

간첩은 부지런하다. 당연히 산업스파이도 엄청나게 부지런하다.

왜냐하면 부지런하지 못하면 승진도 못 하고, 승진을 못 하면 주요 기술에 접근하지 못하기 때문이다.

"중국 전문가들도 마찬가지입니다."

실제로 미국에서는 이런 걸 몰라서 멋모르고 중국인 전문가들을 대거 고용한 시기가 있었다.

하지만 그들이 연구와 별개로 모든 연구 결과를 빼돌려 중국에 제공하고 있다는 사실이 알려진 후 미국에서는 연구직이나 기밀에 접근할 수 있는 자리에는 중국인을 쓰는 게 사실상 금지되었다.

실제로 그 시기에 빼돌려진 과학기술의 수준이 엄청났기 때문이다.

백 명의 중국인 연구자 중에 스파이가 한 명만 있어도 그 모든 연구 결과는 중국으로 넘어간다.

'이번 생에서는 그게 막혀서 중국이 좀 더 고생 중이긴 하지.'

원래는 못해도 한 20년은 그렇게 꿀을 빨았어야 하는 중국이지만 노형진이 스파이 집단을 소탕하면서 해당 방법을 미정부에 알렸는데, 조사해 보니 실제로 전문가로 위장한 수많은 스파이들이 발견되어 모두 쳐 낸 것이다.

그 결과, 원래는 2017년에 이미 실전 배치가 되었어야 하는 중국의 스텔스기인 J-20이 이제야 연구가 끝났다는 이야기가 나오고 있었다.

연구에서 실전 배치까지 못해도 5년은 걸리니 결과적으로 10년 이상 늦어진 거다.

'미국에서 중국 물건이 들어왔다는 소식을 들으면 경기를 일으키는 게 농담이 아니지.'

실제로 미국은 F-35 제작 단계에서 주요 부속도 아닌 아주 작은 부속에 중국산 부품이 들어갔다는 사실이 알려지자마자 바로 F-35의 수령을 거부해 버렸다.

그게 전자 부품도 정밀 부품도 아니지만 그럼에도 불구하고 어떠한 위험도 감수할 수 없다는 입장을 보일 정도였으니, 그들이 얼마나 중국의 스파이나 몰래 설치하는 프로그램으로 고생했는지 알 수 있는 부분이었다.

"우리가 개발해도 사실 그걸 중국이나 러시아가 살 가능성은 없죠."

중국이야 아주 당연하게 내부의 연구원들을 통해 빼돌리려고 할 테고, 러시아는 그런 중국에서 싸게 사거나 또 빼돌리려고 할 거다.

"하긴, 무기 설계에서 보안은 절대적으로 중요하니까요."

당장 오준민만 해도 이미 밖에서 자신을 노려보고 있는 국정원 요원이 있다는 것쯤은 알고 있다.

"그런데, 그러면 어쩌시려고요?"

"말 그대로입니다. 이건 '쇼'인 거죠."

"쇼……."

"네."

"하지만 이런다고 해서 우리 월급을 올려 주거나 대우가 나아질 것 같지는 않습니다만."

미국에서 박사 학위를 받고 한국에 와서 국방과학연구소에 투신한 게 벌써 20년이다.

하지만 그들은 언제나 똑같았다.

애국을 부르짖으면서 무조건 희생하라고 했고, 보상을 입에 담으면 매국노 취급하고 심한 경우에는 빨갱이 취급했다.

"그렇다고 가만있으면 더 안 좋은 꼴만 당하겠지요."

"끄응."

실제로 이런 부분은 한국의 미래형 전투기 KF-21이 최초 개발되었을 때 적나라하게 드러난다.

언론에서 처음에는 미래의 차세대 무기라느니 한국도 4.5세대가 나왔다고 설레발치더니, 정권이 바뀌자 갑자기 논조를 바꿔서 '전 정권이 쓰레기를 만들었다.', '온갖 병신 짓 때문에 스텔스성이 전혀 없다더라.', '온갖 오류투성이더라.'라고 물어뜯기 시작했다.

하지만 이게 무척이나 속보이는 짓거리인 게, 원래 전투기는 만드는 순간 짜잔 하고 완벽하게 나오는 물건이 아니다.

아니, 세상 어디에도 그런 물건은 존재하지 않는다.

만들고 나서 오류를 잡아내고 수정해 가는 거다.

미국의 절대적인 스텔스 전투기인 F-22 랩터조차도 만들고 계속 수정해서 지금에 이른 거다.

'그때 전문가들의 맘고생이 심했다던데.'

그런데 그런 짓거리를 한 이유가 가관인 게, 진짜로 전투기가 쓰레기라서가 아니라 그런 핑계를 잡아서 담당자들의 모가지를 쳐 내고 그 자리에 자기네 파벌을 낙하산으로 집어넣기 위해서였다.

실제로 그런 핑계로 기존 담당자의 모가지를 쳐 낸 후에 담당자가 바뀌자 언론은 '드디어 오류가 잡혔다.', '차세대 스텔스기 완성.'이라면서 물고 빨고 온갖 지랄을 했다.

하지만 사실은 그들이 있든 없든 간에 오류 발생과 수정은 계속 이루어지는 과정일 뿐이고 그로 인해 바뀌는 건 없다.

정말로 그들은 실적을 빼앗을 핑계가 필요했을 뿐인 것이다.

'그리고 그 대상에는 전문가들이 들어가지.'

실제로 그렇게 언론과 정부에서 전 정부의 실적을 폄하하기 위해 물어뜯을 때 당연하게도 전문가들을 공격 대상으로 삼았다.

대놓고 '세금이나 뜯어 가는 도둑놈의 새끼들'이라는 말을 하는 놈들이 있을 정도로 과학자들과 연구원들 그리고 기술자들을 매도하면서 그들의 가치를 평가절하 했다.

그래야 자신들의 몸값을 올릴 수 있으니까.

'그리고 그 사건으로 국방과학연구소에서 엄청 그만뒀지.'

충성을 다하면 뭐 하나, 어느 순간 정신 차려 보니 자신이 세금을 빼돌린 매국노가 되어 있는데.

그래서 단기간 내에 국방과학연구소의 연구원들이 우르르 그만두는 바람에 나중에는 연구원이 없어서 연구 자체가 완전히 멈춰 버렸다.

'하지만 이번에는 그렇게 둘 생각이 없어.'

회귀 전에는 노형진도 그저 뉴스로만 접해서 자세한 이유는 몰랐지만, 이제는 과학자들과 연구원들이 박봉으로 착취당하도록 방치하면 미래의 대한민국의 국방력이 시궁창으로 처박힌다는 것쯤은 알고 있었다.

"그러면 어쩌란 겁니까?"

"일단은 여러분의 이름을 빌려서 설레발을 칠까 생각 중입니다."

"설레발요?"

"네."

"무슨 설레발요?"

"이직 확정이라고 언론 플레이를 하는 거죠."

"저는 이직할 생각이 없습니다."

연구를 진짜로 하는 것도 아니고 아예 안 한다는데, 이직

해서 뭘 하란 말인가?

오준민은 놀고먹으면서 시간만 때우는 걸 지독하게도 못하는 사람이었다.

"압니다. 다른 분들도 마찬가지죠. 하지만 여러분이 이직한다고 하면 국방부에서 뭐라고 할까요?"

"눈도 깜짝 안 합니다, 그 새끼들은."

"물론 오준민 씨 혼자라면 그렇겠지요. 하지만 부서가 통째로 이직한다고 하면요?"

그 말에 오준민은 깜짝 놀랐다.

"제 부서가요? 제가 어디에 속해 있는지도 모르지 않습니까?"

"그건 상관없죠. 중요한 건 모두가 한꺼번에 이직한다는 거죠."

"그러면……."

생각하던 오준민은 정신이 퍼뜩 들었다.

그렇게 된다면? 당연히 에이사 레이더 관련 연구는 완전히 멈출 거다.

누가 남아서 신입을 가르친다 해도, 못해도 2년은 걸릴 거다.

그런데 심지어 모조리 이직한다면 관련 연구원이 개념부터 새롭게 배워야 하니 최소한 5년간은 연구가 멈출 거다.

"그러면 국방부는 똥줄이 타겠죠."

거의 완성 단계에 있는 전투기다. 그래서 온갖 홍보를 해 놨는데, 최종 단계에서 노예 취급에 질린 과학자들이 한꺼번에 이탈한다면?

"장군님들 모가지 몇 개 날아가는 걸로 안 끝날걸요."

과학자들이 월급 적게 받는 거야 국민들에게는 별로 관심 없는 주제이지만 그들이 노예 생활에 질려서 빤스런 치는 상황이라면 아주 화가 날 거다.

"그리고 그 상황이 커질수록 아마 국방부는 난리가 날 겁니다."

"하지만 저희는 이직 계획이……."

"그러니까 '설레발'인 겁니다."

노형진은 싱글벙글 웃었다.

"동료분들에게 말해 주세요. 오실 필요도 없습니다. 떡밥은 이쪽에서 던져 드릴 테니까 잘 이용하시라고만 전해 주세요."

그 말에 오준민은 자신도 모르게 입을 쩍 벌렸다.

자신도 모르는 사이에 자신들에게 유리한 배경을 만들어 주고 있었으니까.

"은혜는 잊지 않겠습니다."

"그런 생각이시라면 좋은 무기를 만들어 주시면 됩니다."

노형진은 미소를 지으며 말했다.

"매국노가 되는 건 저 하나로 족하니까요."

애국자에 대한 대우

얼마 후 한국 언론에서는 날벼락이 터져 나왔다.

아레스군사연구소, 한국 KF-21 에이사 레이더 팀 전원 고용에
합의
한국 에이사 레이더 팀, 국방과학연구소 떠나나
완성되지 않은 한국 에이사 레이더, 마무리는 누가?
마이스터 대변인 노형진 변호사, 더욱 가열한 스카우트에 열을
올리겠다 밝혀
한국 국방 과학 종말의 시작

한 명도 아니고 한 팀이 통째로 나간다는 소식은 대한민국

을 발칵 뒤집었다.

그리고 그제야 국민들은 들고일어났다.

–역시 노예 생활 못 견디고 빤스런.

–나 같아도 빤스런 치겠다.

–학비까지 하면 거의 3억 이상인데 연봉 7~8천이랑 비교가 되냐?

–내 이럴 줄 알았다.

–윗분, 이럴 줄 알았으면 말 좀 해 줘요.

–말했는데 안 들어 처먹었는데요?

연구원들이 돈을 못 받는 것과 별개로 에이서 레이더의 연구 자체가 완전히 박살 났다는 것은 충분히 난리 날 만한 일이었다.

당연히 그 사실을 알게 된 국방부, 아니 국방과학연구소는 길길이 날뛰었다.

"너 인마! 내가 그렇게 잘해 줬는데, 씨팔! 어떻게 이럴 수 있어?"

국방과학연구소장은 분노로 얼굴이 시뻘게진 상태였다.

그는 오준민을 비롯한 에이사 레이더 팀을 향해 고래고래 소리를 질러 댔다.

"응? 은혜를 이딴 식으로 갚아?"

'지랄하네.'

그 말에 오준민은 더더욱 정이 떨어졌다.

은혜를 베풀기는커녕 매일같이 자신들을 족치고 접대만 받으러 다니던 소장 아닌가.

'과학의 과 자도 모르는 새끼가.'

사실 연구소장이라지만 현 소장은 과학자가 아니다. 정확하게는 낙하산이다.

그것도 그냥 내려온 게 아니다. 오로지 그를 옹립하기 위해 법까지 바꿔 가면서 내려온 '성골 중의 성골'이다.

원래 국방과학연구소의 소장은 외부에서 고용하는 게 일반적이지만 원활한 지원을 위해 과학자 중에서 뽑아 왔다.

그런데 정부에서 오로지 그를 위해 법을 바꿨다.

기존 조건에다가 '방사청 고위 공무원 출신'만 지원하도록 법을 바꾼 것이다.

그러나 과학자 중에서 방사청, 그것도 고위 공무원 출신은 단 한 명도 없었다.

심지어 저 법 때문에 내부 승진도 불가능.

그러자 마치 기다렸다는 듯 방사청의 차관 출신인 현 소장이 신청 기간에 맞춰서 방사청을 그만두고 유일하게 지원했다.

결과적으로 그는 국방과학연구소장이 되었고, 오로지 그하나를 결사 옹위하는 형태로 국방과학연구소는 천천히 바뀌어 가고 있었다.

'돈도 안 줘, 인원도 안 줘.'

방사청 출신인지라 오로지 비용 절감과 실적만 요구하고, 과학기술은 연구원을 족치면 갈려 나온다고 생각하는 현 국방과학연구소장은 연구원들에게 원수나 다름없었다.

"야, 이 새끼들아. 너희 빨갱이야? 어? 빨갱이냐고!"

아니나 다를까, 이미 오준민과 이야기를 끝낸 에이사 레이더 팀이 대꾸를 안 하자 그는 빨갱이 타령을 하기 시작했다.

"너희들 빨갱이 아니잖아? 애국자잖아. 그러니까 조금만 참자. 응? KF-21만 성공하면 그에 대한 보상을 해 줄게."

그리고 굿 캅 배드 캅 놀이인 양 옆에서 살살 달래는 부소장.

하지만 이미 한두 번 당해 본 게 아니기에 에이사 레이더 팀은 눈도 깜짝하지 않았다.

'보상 같은 소리 하고 자빠졌네.'

그나마 보상이라고 나오던 쥐꼬리만큼의 돈도 보안이랍시고 갑자기 삭감해 버린 게 파다하게 소문난 상황이다.

그런데 보상을 해 주겠다니.

'애초에 보상이라 해 봤자 뻔하잖아.'

기껏해야 300만 원.

수년간 연구한 결과가 고작 300만 원이라는 건 이들로서는 화가 나는 소리였다.

"죄송한데 저희는 할 말이 없습니다."

"뭐?"

"후임을 빨리 구해 주시면 좋겠습니다. 그래야 최대한 인수인계를 하죠."

"너희들 진짜……!"

물론 이게 인수인계를 한다고 해서 바로 이어받아 진행할 수 있는 일이 아니다.

아마 후임을 구한다고 해도 결국 전투기 완성은 완전히 물 건너간 셈이 되는 것이리라.

소장은 평소와 다르게 채찍과 당근이 먹히지 않자 얼굴을 굳히기 시작했다.

사실 평소에 이런 굿 캅 배드 캅 놀이가 먹힌 것은 진짜로 박차고 나가도 연구소에서 아무것도 못 하게 인생을 조지기 때문에 참은 것 때문이지, 저들이 하는 짓거리를 몰라서가 아니었다.

"자, 자! 소장님. 참으세요. 참으시고."

결국 똥줄이 타는 건 부소장이었다.

어차피 소장 새끼야 위에서 내려온 낙하산이라 아는 거라고는 돈 아끼는 것뿐이다.

연구원 한 명이 얼마나 소중한지 모르기에 술만 처마시면 어떻게 애들 잘라서 인건비 좀 아낄 수 없냐고 헛소리하던 놈이었다.

그렇다고 진짜 돈을 아끼려는 우국충정으로 하는 말이냐 하면 그것도 아니었다.

온갖 쓰레기를 돈 받고 납품받게 했으니까.

사실 이 새끼만 없었어도 연구가 1년 이상 빨라졌을 거라는 게 사람들의 공통된 의견일 정도로 그는 막 나가는 인간이었다.

하지만 어쩌겠는가, 낙하산이라고 해도 상급자는 상급자인데.

"소장님, 오해가 있었을 겁니다. 잘 설득하면 됩니다."

"설득은 무슨. 저거 다 빨갱이 새끼들이야! 보면 몰라? 연구를 막으려고 사보타주 하려고 하잖아!"

소장의 지랄 발광을 보면서 오준민은 쓰게 웃었다.

그 연구를 한 게 바로 자신이고 그 연구를 거의 완성 단계까지 끌어올린 것도 자신들이다.

그런데 사보타주 하기 위해 연구를 그만둔다니, 말이 되는 소리란 말인가?

'진짜로 떠나야 하나.'

대한민국을 사랑하고 대한민국에 충성을 바쳐 왔다.

하지만 그 결과는 이렇게 무시당하고, 이용당하고, 노예 취급당하는 것이었다.

'아니다. 갈 곳도 없기는 하네.'

다른 사람들에게는 말하지 않았지만 노형진이 진짜로 연구소를 운영할 생각은 없다고 했으니까.

그리고 이미 막 나가기로 한 상황이다. 정확하게는, 그렇게 하지 않으면 진짜로 그만둘 생각을 하고 있던 중이었다.

"그래서, 자르시게요?"

"뭐?"

"저희를 빨갱이라고 생각하신다면 자르세요. 아니면 국정원에 신고하시든가. 아니다, 그럴 필요 없겠네요."

오준민은 이미 방법을 들은 후였다.

한두 번 당한 수작이 아니다 보니 이미 그에 대한 해결책을 노형진에게서 받은 후였기 때문이다.

"국정원에 전화해 드릴게요."

"뭐?"

예상 밖의 오준민의 말에 소장이 당황한 눈으로 그를 쳐다보았다.

오준민은 그가 뭐라고 하기 전에 먼저 핸드폰으로 전화를 걸었다.

국가 보호 대상이기에 국정원 전화번호 정도는 알고 있었다. 아니, 최소한 자기를 담당하는 국정원 요원 전화번호 정도는 알고 있었다.

-이 시간에 어쩐 일이십니까, 준민 씨?

수화기 너머에서 들리는 익숙한 목소리.

종종 일 때문에 대화를 나눴던 담당 국정원 요원이었다.

"아, 그게요. 저희 소장님이 저희를 국정원에 고발한다고 하셔서요."

-네? 그게 무슨 말씀이십니까?

"말 그대로입니다. 저희 국방과학연구소장님이 저희가 빨갱이라고 국정원에 고발하신다네요."

―미친 거 아닙니까, 그 새끼?

"이거 스피커폰인데요? 그 새끼 눈앞에 있습니다."

―아.

그 말에 국정원 요원은 아차 싶었지만, 어차피 조직도 다르고 또 자기가 들어도 헛소리라고 생각해서인지 아주 대놓고 막 나갔다.

사실 국정원이 정리된 후로 워낙 남은 요원이 부족해서 자기를 어쩌지 못하리라는 자신감도 있었다.

―원장님, 뭔가 잘못 아신 것 같은데요? 저희 국정원은 그렇게 만만한 조직이 아닙니다. 아무나 받고 그런 데 아니에요.

실제로 국방과학연구소에 들어오기 위해서는 국정원에서 행하는 엄격한 심사를 거쳐야 한다. 실력 좋다고 해서 그냥 받아들이는 게 아니라는 뜻이다.

―그분들이 빨갱이일 리가 없습니다.

더군다나 오준민이 어떤 사람인가?

원래는 미국에서 일하고 있었는데, 국정원에서 접근해 조국을 위해 일해 달라고 손이 발이 되도록 빌어서 데려온 사람이다.

그런데 그 사람이 빨갱이? 그럴 리가 없다.

"이이익!"

하지만 소장은 얼굴이 시뻘게졌다.

왜냐하면 이건 대놓고 자신을 놀리는 행동이었으니까.

'그리고 자존심이 강한 놈이라 결국 고발할 거라고 했지.'

노형진은 그랬다.

방사청의 차장급에다가, 그를 위해 국회에서 법까지 바꿔 가면서 보낼 정도라면 뒷배가 어마어마할 거라고.

그러니 이런 식으로 행동하면 절대로 화를 주체하지 못할 거라고.

'그리고 그걸 노리라고.'

아니나 다를까, 그는 핸드폰을 낚아채고는 소리를 빼액 질 렀다.

"당장 애들 데리고 와서 이 빨갱이 새끼들 싹 다 잡아가!"

ㅡ네?

"내 말 안 들려, 이 새끼야! 와서 빨갱이 새끼들 잡아가라고!"

ㅡ지금 무슨 말을 하시는 겁니까? 국방과학연구소 연구원 들을 잡아가라는 건가요?

"그래! 내 말 못 알아들어 처먹어? 너도 빨갱이야? 어? 당 장 싹 다 잡아가라고, 이 새끼야!"

ㅡ허?

국정원 요원은 어이가 없어서 그런지 아무 말도 못 했다.

오준민은 그런 소장의 손에서 전화기를 강제로 되찾아 왔다.

"들으셨죠?"

-저기, 오준민 박사님. 정식으로 고발이 들어온 이상 저희가 조사를 해야 하는데요.

"하세요. 기다리고 있겠습니다."

-끄응, 알겠습니다.

국정원 요원은 어쩔 수 없다는 듯 한숨을 푹 쉬었다.

어디의 정신 나간 정신병자도 아니고 국방과학연구소장이 고발한 이상 국정원으로서는 무조건 조사를 해야 한다.

"그러면 저희는 이만 가지요."

"뭐? 이 새끼가!"

자신을 무시하고 떠난다고 생각하자 소장은 화를 내려고 했다.

하지만 오준민은 할 말이 있었다.

물론 전이라면 못 했을 거다.

하지만 이미 설계는 다 되어 있었고 소장은 함정에 빠진 상황이었다.

"저희는 지금 국정원 고발 대상입니다. 안 그런가요?"

"당연하지!"

방금 자신이 손수 고발했으니 국정원에서는 그들을 조사할 수밖에 없다.

"그런데 국정원 조사 대상이 국가 1급 기밀 시설에서 근무하는 건 좋아 보이지 않는데요?"

오준민은 어깨를 으쓱하면서 말을 이었다.

"그러니까 당분간은 자발적으로 집에 가서 근신해야 할 것 같습니다."

"자발적 근신?"

"네. 그래야 하지 않을까요? 국정원에 고발된 대상이 시설 내를 돌아다니는 건 오해의 소지가 있습니다."

그건 틀린 말이 아니었다.

그런데 그런 오준민의 행동에 소장은 뭔가 떨떠름해졌다.

그도 그럴 게, 보통 이럴 때는 억울해서 길길이 날뛰면서 사람을 어떻게 보느냐는 식으로 나와야 하기 때문이다.

하지만 이미 자존심이 상한 소장은 일단 소리부터 질렀다.

"이 새끼들! 너희들은 내가 자른다! 무슨 뜻인지 알아? 너희 인생은 내가 조질 거야!"

그렇게 화내는 찰나, 누군가 다급하게 그들이 모여 있는 소장실로 들어왔다. 다름 아닌 소장의 비서였다.

"저기, 소장님. 이 뉴스를 좀 보셔야 할 것 같습니다."

"야, 이 개 같은 년아! 지금 여기가 어디라고 감히 기어들어 와!"

그 말에 여비서는 눈을 찡그렸다.

하지만 소장의 이런 폭언을 한두 번 들은 게 아니었기에 그냥 무시했다.

오랜 경험상 도리어 겁먹고 죄송하다고 굽실거리는 걸 즐기는 인간이라는 사실을 알고 있었기 때문이다.

더군다나 지금 벌어지는 일은 소장의 분노보다 더 중요했다.

"이거, 보셔야 합니다."

그녀는 핸드폰 화면을 켜서 소장에게 내밀었다.

화면을 본 소장과 부소장은 얼굴이 딱딱하게 굳었다.

아레스군사연구소, 대한민국 국방과학연구소 스텔스 설계 팀 전원 영입에 성공했다고 밝혀. 노형진, "장기적으로 스텔스 전투기에 전폭적인 투자가 목표"

"이게 무슨……."

KF-21은 장기적으로 스텔스 전투기로 만들어질 예정이다.

지금은 형태만 스텔스지만 미래에는 완벽한 스텔스기가 목표였는데, 그 핵심 인재인 스텔스 설계 팀이 전원 이직한다고?

'나이스 타이밍.'

조만간 그 뉴스가 나갈 거라는 소식은 들었지만 정확한 타이밍에 뉴스가 터지자 오준민은 씨익 하고 웃었다.

그는 웃으며 다시 한번 핸드폰을 소장에게 내밀었다.

"다시 국정원에 전화할까요? 스텔스 설계 팀도 빨갱이라고 신고 한번 해 보시죠."

그 말에 소장의 얼굴이 시뻘겋게 변하기 시작했다.

국방과학연구소, 이직 요청을 한 과학자들을 국가보안법 위반
으로 고소

적절한 이유도 없는 국가보안법 위반 고발

대한민국 국방 과학의 미래, 사궁창으로?

송정한은 뉴스를 보면서 혀를 끌끌 찼다.

그럴 수밖에 없는 게, 국방과학연구소장이라는 작자가 이
직 사실이 알려진 에이사 레이더 팀과 스텔스 설계 팀을 모
조리 국정원에 고발했기 때문이다.

"이걸 자네가 노린 거라고?"

"네."

송정한의 지역구 사무실에서 노형진은 싱글벙글 웃으며
말했다.

"정확하게는, 그렇게 하도록 설계한 거죠."

"멍청하긴. 대체 이러면 모든 게 멈춘다는 걸 왜 생각 못
하는 거야?"

"생각을 못 하는 게 아니라 생각하기 싫은 거죠. 오준민
씨를 비롯한 연구원들이 입을 모아 말한 소장의 타입이 딱
그렇더라고요."

상대방을 찍어 누르고 어디에도 가지 못하게 하면서 동시

에 압박하는 스타일.

오랜 시간 고위 공직자 노릇을 한 놈들에게서 자주 드러나는, 선민의식이 아주 뼛속까지 스며들어 있는 타입.

"더군다나 한 사람을 낙하산으로 보내기 위해 국회의원들이 법까지 바꿨습니다. 그런 경우가 어디 흔한가요?"

"하긴, 그건 그렇지."

원래는 없던 '방사청 고위 공무원 출신'이라는 조건.

그 조건이 과연 아무런 이유도 없이 우연히 덧붙여진 걸까? 그럴 리가 없다.

"정치판도 결국은 도떼기시장이랑 다를 바 없죠."

명확한 기브 앤드 테이크다. 가는 게 있으면 오는 게 있어야 한다.

국회의원들이 오직 한 사람을 위해 법을 만들어 줄 정도라면 그 사람이 가진 백이나 그 사람이 들이부은 돈이 절대로 적지는 않을 거다.

"그런 놈은 자존심을 못 이겨 미쳐 날뛰는 경우가 제법 많거든요."

"그래서 고발하게 슬쩍 자극했다?"

"정확하게는, 도망가지 않을 거라고 생각한 거죠."

아마 처음부터 국정원에 고발할 생각은 하지 않았을 거다.

하지만 이쪽에서 고발하라고 도리어 들이밀면, 반대로 그는 자존심 때문에라도 도망가지 못하고 실제로 고발하게 된다.

이것이 법이다

"그리고 이렇게 여론을 타게 되는 거고요."

노형진은 톡톡 핸드폰을 두들겼다.

실제로 노형진이 그 뉴스를 터트린 후로 여론은 불타다 못
해 아주 그냥 용광로처럼 펄펄 끓고 있었다.

−장난하나? 자기 마음에 안 드니까 해고도 아니고 국정원 고발?

−아니, 씨팔. 상식적으로 진짜 빨갱이면 거기서 개발하고 있겠
냐? 그냥 안 가고 말지?

−돈 주기 아까워서 국방과학연구소에서 아주 병신 짓을 다 하네.

국방과학연구소가 실적이 없다면 모를까, 실제로는 오랜
시간 실적을 만들어 왔기에 국민들은 만족하고 있었다.

그렇기에 그 소속의 과학자들을 미친 듯이 빨갱이라고 국
가보안법 위반으로 고소한다는 게, 그들로서는 이해가 가지
않았다.

−내 친구 말로는 이거 고발 넣는 바람에 한국산 무기 수준이 못
해도 10년은 낙후된다더라.

−뭔 10년이야? 오버 아님?

−아니래. 일단 의심스러운 사람은 무조건 자르고 새로 뽑는 게 규
정인데, 그렇게 새로 뽑은 사람들이 무기 연구할 준비를 하고 개념
교육을 받는 데에만 3년은 걸린대. 거기다 기존 연구했던 것도 새로

이해해야 하고 나아가 실전 배치 같은 것까지 생각하면 10년도 짧은 거래.

─씨팔. 그 정도면 연구원이 빨갱이가 아니라 그 국방과학연구소장이 빨갱이인 거 아님?

─그렇잖아도 이상한 점이 있다더라. 그 새끼 낙하산으로 내려보내려고 법까지 바꿨다던데?

─와, 진짜로 빨갱이를 내려보낸 건가?

사람들은 이해하기 어려운 행동에 하나같이 어리둥절한 모양이었다.

"그리고 이제 송 의원님이 나설 시간입니다."

"응? 나? 나 말인가?"

"좋은 일 하시는데 그에 대한 보답을 받으셔야지요."

"아니, 내가? 내가 뭘?"

그 말에 송정한은 이해가 안 간다는 얼굴이었다.

자신은 보답을 받고자 이 일을 시작한 게 아니었으니까.

하지만 노형진은 그렇게 생각하지 않았다.

이용할 수 있다면 뭐든 이용해야 한다는 게 바로 노형진의 생각이었다.

"저쪽에서 송 의원님을 빨갱이라고 공격했으니 역습에 들어가야지요."

"역습?"

"네. 제가 알기로 이 법을 만든 건 자유신민당이 아니라 민주수호당이거든요."

"그렇지."

실제로 민주수호당이 법을 고쳐서 낙하산을 내려보낸 거다.

그리고 그걸로 자유신민당이 항의했다. 하지만 강하게 항의하지는 않았다.

왜냐하면 딱히 권력이 강하거나 외부에 어필할 수 있는 자리가 아니기 때문이었다.

"하지만 이제 상황이 바뀌었죠. 외부에 드러났고, 그 진의를 의심받고 있습니다. 사실 뻔하죠."

대외적인 업무를 수행하는 것도 아니며 사람들의 관심도 그리 받지 못하는 자리.

실제로 낙하산에게는 너무나 좋은 자리다.

그래서 국방과학연구소장 자리에 낙하산을 내려보낸 거고 말이다.

"그런데 이제는 빨갱이니 종북이니 하는 이야기가 나오기 시작했죠."

사실 그렇게 보일 수도 있다.

왜냐하면 터무니없는 근무 조건과 말도 안 되는 고발로 대한민국의 모든 군사과학 연구를 막아 버리고 있으니까.

"그러니까 송 의원님이 먼저 공격하세요."

"그 빨갱이로 말인가?"

"네. 뭐든 상관없죠. 빨갱이든 종북이든."

노형진은 어깨를 으쓱했다.

"그들은 국가를 위해 노예처럼 일하지 않는다는 이유로 과학자들을 빨갱이라고 고발했습니다. 그리고 그 논리대로라면 자기들도 빨갱이예요."

단돈 몇억에 국가의 미래를 팔아먹고 있으니까.

"참 웃기죠. 이 나라는 재능에 대한 합당한 대우를 해 주면 빨갱이가 되는 나라란 말이에요."

진짜 재능이 넘치는 사람이 자신의 재능에 대한 보상을 요구하면 빨갱이고, 투자자가 회사 돈을 빼돌려서 룸살롱을 들락날락하고 아파트를 사면 사업 잘한다고 하는 게 대한민국의 현실이다.

"하긴, 지금 다른 조선사들은 망하겠다고 난리던데."

"압니다."

대한민국 조선 산업은 노형진이 말한 대로 다시 살아났다.

그리고 노형진이 하나, 그리고 대룡에서 하나 구입해서 이끌어 가고 있다.

그런데 조선업에서 용접공은 필수 인력이며, 실력이 좋은 용접공의 몸값은 장난이 아니다.

현장 노가다도 실력 좋은 용접공의 비용이 하루 30만 원인데 조선소에서 현재 내건 임금은 최저임금이다.

경력 20년차 최소 여덟 시간 근무 기준 30만 원짜리 인재를 하루 10만 원도 안 되는 돈으로 쓰고 싶어 한다.

"그것도 고칠 생각이 없고요."

"그러니 말이야."

그 이유가 가관인 게, 그렇잖아도 조선소에서 적게 주는 것도 있지만 하청에 재하청에 재하청에 재하청까지 해 버리기 때문이다.

조선소에서 25만 원을 주면 하청 업체에서 자기 몫을 뜯어 먹고 재하청을 주면 20만 원 남고, 거기서 다시 재하청을 주면 15만 원 남으며, 마지막 재하청을 주면 10만 원이 남는다.

그러면 안 되지만 자기네 사람들을 챙긴답시고 이중삼중 재하청으로 구조를 따서 그따위가 되었다.

하지만 노형진과 대룡은 아예 재하청 자체를 금지해 버렸다.

산업의 구조상 하청을 안 줄 수는 없는 게 현실이지만 재하청해 버리면 중간에 하청 회사를 잘라 버리고 재하청하는 업체를 직고용해 버렸다.

그 결과 실력 좋은 용접사들이 죄다 대룡과 노형진의 조선소로 몰려들어 왔고, 다른 조선사들은 해외에서 중국인 노동자를 싸게 들여와 최저임금으로 굴리는 상황.

"그러다가 배가 침몰해야 정신 차리지."

당연히 중국에서 왔다고 해도 용접 기술자가 갈 곳은 많다.

거기에 있는 모든 인원들은 용접해 본 적도 없는 사람이 대부분이니 그들에게 한 3일 정도 훈련시켜서 투입하는 게 다른 조선소들의 현실이었다.

"뭐, 자기가 망하겠다고 그 지랄 하는데 뭐라고 하겠습니까?"

노형진은 어깨를 으쓱했다.

"하여간 이놈의 나라는 기술자 대우를 너무 안 해 줘요."

"착취하는 것만 사업 잘한다고 생각하니 원."

"일단 그건 다른 문제고, 지금 중요한 건 송 의원님이 그들에게 역으로 한 방 먹이는 겁니다."

"빨갱이라고 도리어 역습을 하라 이거지?"

"네. 빨갱이나 종북 놀음은 자유신민당의 아이덴티티입니다."

그렇잖아도 그들은 선거철에 민주수호당에 종북이나 빨갱이 공격을 선빵 당해서 화가 잔뜩 나 있었다.

"그 상황에서 의원님이 먼저 물고 늘어지면, 그쪽은 당연히 민주수호당을 물고 늘어질 겁니다."

두 개의 정당 중 민주수호당을 물고 늘어지면 당연히 민주수호당 입장에서는 발등에 불이 떨어져 활활 타오를 거다.

"그러면 민주수호당이 취할 수 있는 방법은 두 개뿐입니다."

첫 번째, 사과하고 소장의 모가지를 날린 후 연구원들을 제대로 대우해 주자고 하는 것.

두 번째, 양쪽과 싸우는 것.

"아마도 후자를 고르겠지."

"당연하죠."

민주수호당은 사과하지 않을 거다.

한 사람을 위해 법까지 바꿨던 민주수호당이다. 그런데 순순히 사과를 할까? 그럴 리가.

"필사적으로 그를 보호할 겁니다. 그러면 자연스럽게 이쪽에서는 조사를 요구할 수 있게 되죠."

"어째서인가?"

"그렇잖아도 지금 그가 소장이 된 과정에서 의심스러운 부분이 많은 상황입니다."

한 사람을 위해 정당에서 법을 바꾼다는 건 말이 안 된다.

더군다나 공정성을 위한 선정도 아니다. '방사청 출신의 고위 공무원만 된다.'라는, 오로지 그를 위한 법을 만들어 놨다.

"특검을 요청하시면 됩니다."

자유신민당과 우리국민당의 숫자가 합쳐지면 충분히 특검이 가능하다.

"모가지가 날아가는 게 소장 하나로는 안 끝나겠군."

"맞습니다."

노형진은 고개를 끄덕거렸다.

"그리고 일이 그 지경이 되면 정부에서는 지금처럼 악착같이 빼앗아 먹을 수는 없죠."

노형진은 씩 웃으며 말했다.

"아마 원하시는 결과 말고도 추가로 얻으실 수 있는 게 있을 겁니다, 후후후."

송정한은 노형진이 말한 대로 먼저 그들을 공격했다.

"종북이라니요! 말이 되는 소리를 하세요, 송 의원!"

"아닙니까? 상식적으로 다른 나라 임금의 3분의 1밖에 안 주는 걸 떠나서, 자기 말을 듣지 않는다고 종북 주의자로 고발하는 소장이 어디 있습니까?"

"그거야……."

민주수호당 입장에서도 그건 할 말이 없었다.

물론 사정은 안다. 연구원들이 도발하자 욱해서 한 거라고.

그러나 그걸 대놓고 말할 수는 없었다.

그러니 그들로서는 방법이 없었다. 그걸 인정하면 자기들의 과실이 되니까.

"아니, 그럴 수도 있는 거 아닙니까? 그리고 솔직히 종북주의자가 얼마나 많은데요. 그들이 종북 주의자가 아니라는 증거 있습니까?"

"맞습니다. 송 의원, 정신 차려요. 그런 근거도 없는 걸로 문제 제기했다가 잘못되기라도 하면 어쩌려고 그래요?"

그렇게 말하는 그들을 보면서 송 의원은 뭔가 충격을 받았다.

'어쩌다 이렇게 되었을까?'

그놈의 종북 타령에 가장 많이 당하고 가장 많이 고통받은 게 바로 민주수호당이다.

그런데 이제는 그들이 자기네 파벌을 지키기 위해 피해자들에게 종북 프레임을 뒤집어씌우고 있었다.

'내가 아무리 개혁파를 끌고 나왔다지만……'

이렇게 단시간에 민주수호당이 무너지는 걸 보면서 송정한은 너무나 가슴이 아파 왔다.

'후우~.'

송정한은 긴 한숨을 내쉬며 말했다.

"그러니까 그들이 종북 주의자라고 확신한다 이거죠."

"소장은 이유도 없이 그런 말을 할 사람이 아니에요."

"맞아요. 의심스러운 게 있으니까 그런 식으로 말했겠지요."

"네. 그건 뭐, 이제 법원의 판단을 기다릴 수밖에 없겠네요."

"국정원에서 조사하면 다 나올 거예요."

그 말에 송정한은 비웃음을 날렸다.

"굳이 국정원까지 갈 이유가 있을까요?"

"그러면 뭐, 국정조사를 하자 이겁니까?"

"잘 아시네요."

그러자 민주수호당 의원들의 얼굴이 벌게졌다.

"아니, 지금 그걸 말이라고 해요!"

"송 의원! 당신 지금 무슨 헛소리를 하는 거야!"

길길이 날뛰는 그들을 보며 송정한은 단호하게 말했다.

"얼마나 받아 처드셨는지는 모르겠지만 말입니다, 당신들선 넘었어요."

"뭐요?"

"내가 바보 같아요?"

방사청은 군사 관련 물품을 사고 거래하는 걸 통제하는 곳이다. 그리고 그곳의 결정 권한은 차장급 이상이 가지고 있다.

원래 대한민국의 모든 국가 물품은 조달청에서 한꺼번에 처리한다. 하지만 군대 관련 업무만은 보안을 이유로 방사청에서 처리한다.

문제는, 방사청은 그놈의 보안과 안보 때문에 감사도 못한다는 거다.

"뻔하죠. 차장쯤 되면 못해도 매년 수십억을 해 처먹었겠죠."

방사청장은 권력이 바뀔 때마다 교체되는 자리다.

그러니 거기서 해 처먹는 데에는 한계가 있다.

정권이 바뀌면 영혼까지 털어 가는 경우도 있으니까.

그래서 보통은 방사청장쯤 되면 적당히 해 처먹고 손 털고 나가는 게 관례다.

하지만 차장급은? 당연히 행정직이고 고정직이다. 정권에 따라 바뀌는 것도 아니다.

최상위권은 견제가 자주 들어오기 때문에 의외로 못 해 먹지만, 그 아래는 견제도 잘 들어오지 않고 실무라 해 처먹는 것도 잘 감출 수 있다.

'방사청쯤 되면 진짜로 매년 20억 이상 해 처먹어도 문제가 없지.'

수십만에 달하는 병사들이 먹고 마시고 하는 문제에서부터 군수품까지, 해 처먹을 건 넘쳐 난다.

그런 환경인데 그걸 바탕으로 더 높은 곳으로 가고 싶어 하는 놈이 없을까?

그런 놈이 과연 국회의원들에게 한몫 두둑하게 쥐여 주지 않을까?

그렇다면 과연 얼마나 쥐여 줘야 국회의원이 그 한 명을 위해 법을 바꿔 줄까?

"송 의원!"

"야! 송정한! 선 넘지 마!"

발끈하는 민주수호당 인사들을 보면서 송정한은 쓰게 웃었다.

"이미 늦었어요."

"뭐?"

"이건 내가 아닌 국민들이 요구하게 될 겁니다."

그 말을 민주수호당 인사들은 이해하지 못했다.

하지만 바로 다음 날 뉴스가 보도되자 그제야 그게 무슨 말인지 이해할 수 있게 되었다.

국방과학연구소 연구원들, 자신들의 연구 자료에 대한 사용 금지 가처분 신청

담당 변호사 서세영 변호사는 '종북 주의자로 의심받는 상황에

서 종북 주의자가 만든 기술을 사용하는 것은 위험하다고 판단 된다는 의견이 들어와 사용 금지 가쳐분 신청을 하기로 했다.'라고 밝혀

"나는 오빠가 미친 줄 알았어."

그렇게 말하는 서세영은 이제야 막 침착함을 되찾은 기색이었다.

그도 그럴 것이 진짜로 노형진이 미친 줄 알았던 것이다.

하지만 상황을 보니 미친 게 아니었다.

"내가 미친 게 아니라 상대방을 미치게 하는 거지."

"그러니까. 이렇게 되니 상황이 되게 웃기게 굴러가네."

"말했잖아. 변호사의 일은 단순히 법전을 읽고 판단하는 걸로 끝이 아니야."

법을 공부한 후에 사건도 분석해서 이용해야 한다.

"지금 상황이 딱 그런 거지."

자기가 종북 주의자라고 의심받아서 기분 나쁘니 쓰지 말라고 해 봐야 법원에서 받아들일 리 없다.

"이건 소유권이 정부에 있는 거잖아. 그러니까 난 당연히 소송이 말이 안 된다고 생각했거든."

"맞아. 정부의 지원을 받아서 한 연구인 만큼 소유권은 정부에 있지."

"그런데 이렇게 소송하면 내용이 바뀌네."

언론에는 종북이라고 의심받고 있으니 억울해서라도 사용하지 말라는 식으로 보도됐지만, 실제 내용은 좀 더 복잡했다.

간략하게 정리하자면 해당 기술의 실제적 가능성을 분석해서 자신들이 종북 주의자가 아니라는 걸 증명하겠다는 것.

진짜로 종북에 빨갱이라면 사보타주를 위해서라도 그 설계가 정상적으로 작동되지 않을 테니 국가의 안전을 위해서라도 검증해 달라는 것이었다.

"문제는 이게 불가능하다는 거지."

왜냐하면 그걸 이해할 정도의 기술을 가진 사람이 없으니까.

물론 전문가는 많다.

하지만 그들이 과연 군사과학기술에 대해 알까?

에이사 레이더?

기반 기술에 대한 이론이야 알겠지만 그걸 검증할 만한 사람들은 대부분 에이사 레이더의 실물은커녕 부품 하나 본 적이 없는 이들이다.

"그렇다고 해외에서 데리고 올 수도 없지. 그리고 말이야, 그 기술은 1급 군사보안 사항이라고."

당연히 검증하고 싶어도 그걸 검증할 사람을 데려올 수가 없다.

정작 그걸 가장 잘 아는 사람들이 자기 기술이 미심쩍으면 사용하지 말라고 사용 금지를 넣은 거니까.

"재판부에서 실익이 없다고 기각하지 않을까?"

충분히 가능성은 있다.

아무리 재판부라고 해도 1급 군사기밀에 마음대로 접근할 수는 없으니까.

"알아. 그러겠지. 하지만 그게 중요한 게 아니잖아."

"하긴, 그건 그래."

중요한 건 진짜로 사용하느냐 안 하느냐가 아니라, 그로 인해 이슈가 될수록 국방과학연구소와 국정원은 골 때리는 상황에 처하게 된다는 거다.

"국정원, 아니 국방과학연구소 입장에서는 그들이 정말로 빨갱이라면 진짜로 그 기술을 쓸 수가 없어."

왜냐하면 그 기술이 잘못된 기술일 가능성이 아주 높으니까.

"하지만 그들이 진짜로 선량한 사람이라면 연구소장은 좆 되는 거지."

그는 그저 마음에 들지 않는다는 이유로 빨갱이 프레임을 뒤집어씌워서 연구원들을 고발했다.

"자기 딴에는 상대방을 압박할 좋은 수단이라고 생각했겠지. 그로 인한 역풍은 전혀 생각하지 못한 거야."

"이해가 안 가네. 도대체 왜 그런 짓을 하는 거지? 애초에 민주수호당에 선을 대면서 위로 올라가려는 상황에서 그런 소리는 섣불리 하면 안 되잖아?"

"방사청은 어찌 되었건 국방부 소속이니까."

개인적인 정치 성향과 상관없이 군 내부에서 상대방을 조져 버리는 가장 강력한 수단이 바로 빨갱이라는 프레임이다.

"그러니까 그 영향이겠지."

진짜 빨갱이라고 생각하는 게 아니라 그냥 그 프레임과 밀접하게 연관된 환경에서 평생을 살아왔으니 자기 마음대로 빨갱이라고 결정하고, 지시에 따르지 않으면 보복하면 된다고 생각했을 거다.

"거기다 이제는 너도 알겠지만 국방부는 상급자에게 절대로 저항 못 하게 하거든."

"하긴, 그렇더라."

군대란 조직이 그러니까.

하물며 방사청이라고 다르겠는가? 결국 같은 국방부 소속인데.

"그러니까 그에 익숙해진 거지."

빨갱이라고 공격하는 것은 정말로 상대가 종북 주의자라서가 아니라 그저 상대를 모욕하고 공격하기 위해 쓰는 수단으로 인식되었을 거다.

"그런 상황에서 고발하라고 하니까 욱한 거지. 사실 국방부라는 조직이 그렇잖아? 뭔 일이 터져도 그냥 덮으면 된다고 생각하거든."

실제로 국방부는 그렇게 굴러왔고, 소장 또한 그렇게 굴러온 국방부 소속이었던 만큼 별문제 없이 이 일을 덮을 수 있을 거라 생각했을 거다.

"내가 소송전과 언론을 통해 이슈화할 거라고는 상상도 못했을 거야."

"하긴, 국정원에서 의심했다는 것 자체만으로도 국방부 내에서는 인생 끝난 거지?"

"맞아."

국정원에서 조금이라도 의심을 품은 사람들은, 설사 국정원에서 최종적으로 무죄라고 판단해도 약점 잡히고 싶지 않은 국방부에서 알아서 걸러 버린다.

특히나 과거에 국방부 내부에서 국정원의 간첩들을 털어낸 적이 있는 데다가 최근에는 암살 사건과 관련해서 국방부가 국정원을 털었기에 그런 경쟁하는 분위기는 아주 자연스럽게 조성되었다.

그렇다 보니 장교들이 깨끗하게 행동하는 게 아니라 도리어 부패하는 놈들이 생기기 시작했다.

'국정원에 고발하는 게 일종의 협박이 되어 버렸으니, 원.'

그걸로 꿀 좀 빨았던 소장 입장에서는, 그걸로 연구원들을 위협하면 꼼짝도 못 할 거라 생각했을 것이다.

"하지만 이제는 상황이 달라졌지."

이슈화는 되었고, 국방부에서는 이걸 어떻게 해서든 덮어야 한다.

"사실상 국정원에서도 제대로 조사할 이유가 없고."

애초에 고용할 때 몇 번이나 신분 확인을 하고, 고용된 후에도 주기적으로 조사가 이루어진다.

왜냐하면 중국에서 그를 빼내기 위해 엄청나게 노력하고, 실제로 그게 성공한 사례도 있기 때문이다.

심지어 어떤 놈은 자료를 빼돌려서 출국하려다가 걸리기도 했다.

"국가기관에서 인공위성도 팔아먹는 판국에, 뭐."

대한민국의 인공위성을 중국에 팔아먹은 인간은 중국 기업에 연봉 20억이나 받으면서 옮겨 갔다.

그런 상황이니 국정원에서 연구원들을 감시하지 않을 리가 없다.

"그러니 사실상 답은 나온 거지."

고발이 들어왔다지만 그가 종북 주의자라는 이야기는 나올 수가 없다. 그러면 남은 건 단 하나, 소장이다.

"소장은 아마 최악의 경우라 해도 자기가 잘리는 선에서 마무리될 거라고 생각할지 모르지만……."

노형진은 씩 하고 웃었다.

"난 그렇게 둘 생각이 없거든, 후후후."

⚖

"이게 아닌데."

언론에서 자기 이름이 계속해서 나오자 국방과학연구소장

인 도강수는 어쩔 줄 몰라 발을 동동 굴렀다.

"이 새끼야, 이거 어떻게 좀 막아 봐!"

그는 짜증스럽게 외쳤지만 부소장은 그저 눈만 찡그릴 뿐이었다.

'아니 씨팔. 나보고 어쩌라고?'

사실 국방과학연구소에서 굳이 그걸 막을 이유가 없다.

그건 도강수 개인의 문제고, 국방과학연구소와는 상관없는 일이니까.

"그러니까 연구원들 좀 잘 대우해 주라고 몇 번이나 말씀드렸잖습니까?"

부소장도 국방과학연구소의 대우가 전 세계에서 가장 낮다는 것 정도는 알고 있었다.

최저임금도 실질생활비도 매년 올라가는 상황에서 연봉 이야기만 하면 예산이 어쩌고 애국심이 어쩌고 하면서 동결하는 게 일상이었기에 그렇잖아도 연구원들이 불만을 품고 있던 상황이었다.

그나마 오래 근무한 근무자들은 세뇌에 가까운 설득에 외부로 나갈 생각까지는 하지 않지만, 신입은 벌써 몇 년째 미달되는 상황이다.

그나마 버티던 연구원들도 하나둘 빠져나가기 시작한 게 한두 해의 문제가 아니다.

당연히 국방과학연구소의 인원 부족은 심각했는데, 정작

부족한 인원은 보충하지도 않으면서 도리어 어떻게 해서든 돈 아끼려고 온갖 복잡하고 귀찮은 행정 업무만 늘려 놓은 바람에 정작 연구원들이 연구하는 시간보다 서류 작업하는 시간이 많아진 상황.

"뭐? 지금 뭐라고 했어?"

전이라면 아마 부소장도 이쯤 되면 꼬리를 말았을 거다.

하지만 부소장은 이제 막 나가기로 했다. 사실 설설 길 이유도 없었다.

"에이사 레이더 팀, 스텔스 디자인 팀, 스텔스 도료 팀, 그리고 항공 프로그래머 팀, 엔진 팀, 미사일 개발 팀. 더 말씀드릴까요?"

모두 아레스군사연구소에서 접촉하든가 인터뷰 등을 통해 적극적으로 접촉하기를 원한다는 의사를 표명한 팀이었다.

전이라면 무시했겠지만 벌써 두 팀이 단체로 이직한다는 소문이 나면서 다른 팀들도 흔들리고 있고, 심지어 노형진이 방송에서 '차세대 스텔스기의 개발에 최선을 다하겠다.'라고 대놓고 말했다.

당연히 모든 팀이 관심을 가질 수밖에 없는 상황.

"얼마나 더 나갈까요? 아니, 이제 남을 사람이 있을지도 모르겠습니다."

아무리 위에서 내려온 낙하산이라 해도 이 정도면 국방과학연구소를 박살 낸 수준이다.

이 상황에서 과연 남는 사람이 있을까? 당연히 없다.

그 분노에 찬 말에 도강수는 아무런 대꾸도 할 수가 없었다.

'이미 좆 된 것 같은데.'

그는 직감적으로 자신이 끝났다는 걸 알 수 있었다.

'씨팔. 황금 배지 하나 달아 보려고 했는데.'

황금 배지. 그건 국회의원 배지를 의미한다.

물론 진짜로 국회의원 배지를 금으로 만들었다는 뜻이 아니다. 은으로 만든 후에 거기에 도금을 하는 거다.

하지만 중요한 건, 국회의원이 그렇게 불릴 정도로 가치 있는 권력을 쥘 수 있는 자리라는 것이다.

국회의원 배지를 달 수만 있다면 더 많은 돈을 받아먹을 수 있을 터였다.

'이거…… 아무래도 빤스런 해야 할 것 같은데?'

도강수는 직감적으로 더 이상 내몰리기 전에 빤스런 해야겠다고 느꼈다.

누구 마음대로 빤스런?

　-모든 관리 소홀을 책임지고 국방과학연구소장직에서 사퇴하고
자 합니다.

　인터넷에 나오는 사퇴 기자회견.
　노형진의 사무실에서 그걸 보고 있던 오준민이 신기하다
는 듯 말했다.
　"국방과학연구소에서 연봉과 관련된 재협상을 하자고 하
네요."
　"하실 건가요?"
　"그래야지요."
　그런데 그런 오준민을 바라보는 노형진의 눈빛은 왠지 부

정적이었다.

노형진이 말했다.

"당분간은 하지 마세요. 좀 더 똥줄이 타야 제대로 돈을 받을 겁니다. 지금 쪼르르 달려가면 또 노예 계약하려고 할지도 몰라요. 제가 더 좋은 기회를 만들어 드리겠습니다."

사건의 진행은 모두 노형진의 예상대로였다.

이쪽에서 악착같이 빼 가겠다고 이빨을 들이밀자 국방과학연구소에서는 바로 두 손 두 발을 번쩍 들었다.

"그런데 의외네요. 저 새끼가 저렇게 쉽게 포기할 놈이 아닌데."

"당연하죠. 아무리 민주수호당이라 해도 이건 못 막아요. 개인적인 판단도 있겠지만, 민주수호당에서 압박도 들어왔을 겁니다."

문제가 더 커지기 전에 알아서 사퇴하라는 게 민주수호당에서 해 줄 수 있는 유일한 말이었다.

그들이 돈을 받고 소장을 낙하산으로 내려보낸 건 사실이지만 그를 지키는 건 별개의 문제이니까.

"그리고 국방부에서 이 병신 같은 상황을 해결하기 위해서는 진짜로 여러분이 필요하고요."

KF-21의 완성이 바로 코앞이다.

물론 실용화까지는 좀 더 걸리겠지만, 그래도 눈앞에 한국의 차세대 전투기의 완성이 보이는 상황이다.

이것이 법이다

그런데 거기에 대놓고 자존심 싸움을 하면서 10년 이상 늦추려 하는 놈이 있을까?

"그건 과학이나 예산의 영역이 아니라 군권의 영역이죠."

실제로 군 장성 출신들, 특히 공군 출신 장성들은 기자회견까지 자청하며 국방과학연구소를 힐난했고, 국민들 역시 '조국을 위해 일하는 사람들에게 이건 아니다.'라든가 '이러니까 애국하면 삼대가 망한다.'라는 소리를 하면서 국방과학연구소를 몰아붙였다.

"국방부 입장에서 이걸 덮는 가장 좋은 방법은 여러분을 빼앗기지 않는 겁니다."

빼앗기는 순간 유출이 미친 듯이 일어날 테니까.

더군다나 전처럼 아예 나가지 못하게 압박을 가하는 것도 불가능해졌다.

"마이스터는 미국 기업이니까요?"

"네, 맞습니다."

그러니 그들이 할 수 있는 최선의 방법은 재협상을 통해 제대로 된 임금과 연구 성과급을 지급하는 것뿐.

"알겠습니다."

오준민은 고개를 끄덕거렸다.

"덕분에 저희가 살아날 방법이 생겼네요."

생존을 위해 국방과학연구소를 그만둘 이유도 없었고, 이제 원하는 대로 연구에만 집중하면 되니까.

"하지만 아직 일이 끝난 건 아닙니다."

"아니라고요?"

"네. 아시겠지만 이번에만 국방과학연구소에서 고개를 숙인 겁니다. 관료 조직이란 그런 거죠."

이번에는 고개를 숙이고 들어오겠지만 이쪽에서 조금이라도 선처해 주거나 애국심을 보여 주면 그걸 이용해서 뜯어먹기 위해 다시 눈깔이 돌아갈 거다.

"지금 8천만 원짜리 싸구려 취급받은 이유가 뭡니까?"

"끄응, 그거야……."

"그 빌어먹을 놈의 애국심이죠."

애국심을 보여 주면 한국에서는 그냥 병신이고 호구다.

애국하려는 놈들은 당당하게 '나 뜯어먹어도 됩니다.'라고 인정하는 꼴밖에 안 된다.

"그러니까 애국과 별개의 행동을 해야 합니다."

"노조라도 만들라는 겁니까? 그건 불법입니다만……."

어찌 되었건 이들은 국방과학연구소 소속이고 엄밀하게 말하면 공무원이라는 소리다.

당연히 공무원이 노조를 만드는 건 불법이다.

"제 말은 그런 뜻이 아닙니다."

그럴 수도 없다. 이들의 신분은 절대로 기밀이다.

"솔직히 저희가 설레발 친 것도 말도 안 되는 소리였고요."

서로에 대해 알지도 못하는데 어떻게 노조를 만들겠는가?

실제로 언론에 스텔스 도료 팀도 이쪽과 고용 협상 중이라는 식으로 말한 것과 달리 스텔스 도료 팀은 단 한 명도 접촉하지 못했다.

당연히 누가 거기에 속해 있는지조차도 모른다.

"그러니까 다른 방식으로 조져 놔야 합니다."

"어떻게요?"

"역으로 고발하는 거죠."

"역으로?"

"네. 도강수를 고발하십시오."

그놈이 돈 한 푼 안 뿌리고 그 자리에 내려왔을까? 그랬을 리가 없다.

"협상 시에, 방사청에 대한 대대적인 감사를 요구하는 겁니다. 동시에 국가보안법 위반 혐의로 도강수를 고발하는 거죠."

"국가보안법 위반 혐의로?"

"네. 원래 국가보안법이라는 게 말입니다, 말랑한 법이 아니에요."

원래 국가보안법은 단순히 무고로 처벌하지 않는다.

누군가가 국가보안법 위반으로 신고하거나 고발했는데 그게 상대방에게 죄를 뒤집어씌우려고 조작한 것일 경우, 역으로 그를 고발당한 대상과 똑같은 형량으로 처벌하도록 되어 있다.

"하지만 한국에서는 단 한 번도 그런 처벌이 이루어진 적이 없죠."

왜냐하면 빨갱이라는 미명하에 고발하고 국가보안법으로 처벌하려는 세력은 특정 세력 소속이고, 그 특정 세력은 국가보안법을 집행해야 하는 안기부나 검찰 그리고 경찰과 법원의 절대적 충성을 받고 있기 때문이다.

"아, 기억납니다. 그러고 보니까 선거전에서 한번 그런 일이 있었지요?"

"네."

과거에 선거철만 되면 빨갱이 타령하던 놈들이 그 말을 내뱉는 족족 국가보안법 위반으로 고소당한 적이 있었다.

그러자 선거판에서 대놓고 빨갱이 타령하는 상황이 일시적으로 사라졌었다.

"하지만 누구도 처벌받지 않자 다시 빨갱이 타령이 시작되었죠."

심지어 그 피해자였던 민주수호당조차도 빨갱이를 외치면서 선빵을 날리는 상황이었다.

"그런데 이번에는 이야기가 다르거든요."

증거도 없이, 자존심 상한다고 국가보안법 위반으로 고소했다.

"그리고 일이 커지니까 책임진답시고 꼬리 자르고 도망갔죠."

즉, 이걸 국정원에 고발하면 국정원은 그를 국가보안법 위반으로 검찰에 넘길 수밖에 없다는 소리다.

"그런데 솔직히…… 그렇게 될까요? 단 한 번도 처벌받은 기록이 없다면서요."

"네. 이번에는 처벌받을 겁니다."

노형진은 자신 있게 대답했다.

"왜냐하면 도강수는 '파벌'이 다르거든요, 후후후."

⚖

도강수의 파벌은 어디일까?

사실 그는 국방부 소속이니 파벌을 논하기가 애매하기는 하다.

하지만 엄밀하게 분류하자면 그는 자유신민당보다는 민주수호당 쪽이다.

왜냐하면 민주수호당에 뇌물을 줬고, 민주수호당에서 그를 위해 법을 고쳤으며, 민주수호당이 여당이 된 상황에서 국방과학연구소장으로 발령받아 왔으니까.

그리고 국정원에서는 여전히 민주수호당을 싫어한다.

아무리 내부를 정리했다 해도 분위기가 싹 다 바뀌는 것도 아니고, 잘리지는 않았으나 현 대통령에게 불만을 가진 사람이 넘쳐 나는 게 바로 국정원이었다.

개혁이라는 이름하에 국정원에 압박을 가한 건 사실이니까.

당연히 국정원에서는 민주수호당과 손잡은 도강수에 대한

고발이 들어오자 이 잡듯이 뒤지기 시작했다.

"야, 이 빨갱이 새끼야! 어디서 입을 털어!"

더군다나 자존심 상한다고 국정원을 도구 삼아 과학자들을 노예처럼 부려 먹으려고 했다는 사실을 국정원은 용납할 수가 없었다.

아무리 힘이 빠졌다 해도 결국 국정원은 국정원이니까.

"아니, 나는 빨갱이가 아니야! 나는……."

"아니긴 개뿔. 이미 다 확인했어. 우리가 만만해 보였지, 이 새끼야?"

군대에 물건을 납품하는 기업을 정하는 방사청의 차장이 었던 자다. 그런 자의 계좌를 터는 게 과연 일일까?

애석하게도 몰랐다면 모를까, 작심하고 털어 대자 도강수의 비리는 순식간에 드러나기 시작했다.

"우리는 이거를 사보타주라고 부르기로 했단다, 이 빨갱이 새끼야."

"사…… 사보타주라니. 아니, 난 그런 게 아니라……."

"아니긴 뭐가 아니야!"

실제로 국방부 비리를, 노형진과 고발자들은 군 내부에 고발하기보다는 반대쪽에 있는 국정원에 고발하는 걸 선호하고, 그 때문에 실제로 뇌물이 사보타주로 처벌받은 전례가 아예 없는 것도 아니었다.

"더군다나 네가 해 처먹은 돈이 민주수호당으로 흘러갔던데."

그리고 국정원이 노리는 것이 바로 그거였다.

이놈을 빨갱이로 몰아붙여서, 그의 돈을 받은 민주수호당까지 빨갱이 프레임에 엮어 버리자.

"아니야. 난 아니야. 난 빨갱이가 아니야."

횡설수설하면서 어떻게 해서든 이 상황에서 벗어나려고 노력하는 도강수.

하지만 그가 그런다고 이상한 흐름이 감춰질 리가 없었다.

"그러면 이 돈은 왜 넘어간 건데?"

"그게……."

"이거 사보타주를 도와준 대가로 넘긴 거 아니야?"

"아니야! 진짜로 아니야!"

그 말에 도강수는 미칠 것 같았다.

입 닥치고 있자니 자기가 사보타주 한 게 되고, 입을 열자니 국회의원들이 자신들을 죽이려고 할 거다.

'이게 아닌데.'

만일 국방부였으면 자신을 취조하기는커녕 오는 순간 '차관님 오셨습니까.' 하고 고개를 90도로 박으면서 충성 맹세부터 했을 것이다.

하지만 고발된 곳이 국정원이었기에 그런 일은 일어날 수가 없었다.

"그래서 이 돈으로 뭘 어떻게 했는데?"

도강수를 쳐다보는 국정원 요원들의 눈이 번득거렸다.

사실 이게 어디로 어떻게 들어갔는지 알고는 있다. 하지만 도강수에게 빨갱이 프레임을 뒤집어씌우는 것이 성공하면 자신들의 창창한 미래는 확정적이었다.

"……."

"야, 도강수. 너한테는 두 가지 선택지가 있어."

국정원 요원은 싱글벙글 웃으며 말했다.

"국가보안법 위반으로 나락 가든가, 아니면 그나마 형량이 적은 뇌물죄로 처벌받든가."

"……."

"불어, 이 새끼야. 그게 네가 살 수 있는 유일한 길이야."

그 말에 도강수는 부들부들 떨다가 결국 고개를 푹 숙였다. 왜냐하면 그 말이 사실이니까.

그도 국방부 소속이기에 안다.

그리고 국가보안법으로 여러 번 상대방을 압박하고 엿 먹이고 인생을 조져 봤기에 안다.

국정원이 얼마나 지독한 조직인지.

"사실은……."

그는 모든 것을 포기한 채로 자기가 얼마나 해 처먹었는지, 얼마나 뇌물을 받았는지, 그리고 그 과정에서 권력에 다가가기 위해 민주수호당 중진 의원들에게 얼마나 많은 돈을 상납했는지 소상하게 말하기 시작했다.

"허, 기가 막혀서 진짜."

노형진을 만난 송정한은 신문을 책상 위로 내던지며 화를 냈다.

그도 그럴 게, 민주수호당에서 해 처먹은 게 상상 이상으로 많았기 때문이다.

"뇌물만 30억? 미친 새끼들. 이랬으니 그놈을 위해 법까지 개정해 주지."

그놈이 민주수호당의 중진 의원들에게 준 돈만 해도 무려 30억, 그리고 방사청과 국립과학연구소에서 일하면서 받아 처먹은 뇌물과 횡령한 돈이 무려 120억이라는 사실을 송정한은 믿을 수가 없었다.

"예상한 거 아닙니까?"

"예상은 했지. 그래, 정치하다 보면 그거야 어느 정도 감안하지. 하지만 이건 해도 해도 너무하잖아."

뇌물을 받아 처먹고 곰팡이가 난 빵을 공급하거나 질이 안 좋은 물건을 공급하는 건 너무 당연한 일이었다.

아예 그건 언급할 가치조차 없을 정도로 일상생활 수준이었다.

군함에 어선에서나 쓸 만한 어군 탐지기를 쓰게 하거나 상식적으로 쓸 수 없는 물건을 쓰라고 요구하기도 했다.

"K2 전차에 대해서도 어쩐지 이상하다 싶었어."

한국에서 개발한 K2 전차는 원래 자국산 엔진을 쓰려고 했다. 하지만 성능이 부족해서 결국 독일산 엔진을 썼다.

그 당시 방사청은 애국 운운, 외화 유출 운운하면서 무조건 자국산을 써야 한다고 주장했었다.

물론 자국산을 쓰는 것은 좋다. 사실 그래야 기술의 발전이 이루어지니까.

그런데 출력은 둘째 치고, 3천 킬로미터쯤 주행하면 엔진 내구도가 다해서 깨져 나가는 엔진을 어떻게 쓰란 말인가?

당연히 국방부는 단호하게 거절했는데, 조사 결과 방사청에서 해당 엔진 제작 업체에 수십억의 뇌물을 받았고 심지어 도강수는 혼자서 10억이나 받았다는 사실이 드러났다.

"기가 막히는군."

진짜 애국자들은 박봉에 시달리면서 잠도 제대로 못 자고 연구에 매달리는데, 나라를 팔아먹는 매국노 새끼들은 그들의 고혈을 빨아먹으면서 살고 있다는 사실에 송정한은 그저 기가 막힐 뿐이었다.

"바꿀 게 너무 많아."

"많죠. 그러기 위해 위로 올라가야 하고요."

"그 이야기가 나와서 말인데, 도대체 뭐가 달라진다는 건가?"

송정한은 노형진에게 좀 궁금하다는 듯 물었다.

그도 그럴 게 노형진은 송정한이 이득을 챙겨야 한다고 말했지만 딱히 이득이 늘어나진 않았으니까.

그 말에 노형진은 씩 웃으며 말했다.

"잘 들어 보세요."

"뭘?"

"어떤 소리가 들리십니까?"

송정한은 노형진의 질문이 이해가 되지 않았지만 일단 시키는 대로 청각에 집중했다.

사방은 고요했다.

송정한은 더한층 의문스러운 표정으로 대답했다.

"아무것도 안 들리는데?"

노형진이 빙그레 웃었다.

"네, 맞습니다. 그게 중요하죠. 아무 소리도 안 들립니다. 생각해 보세요. 지난번에 제가 왔을 때 무슨 일이 있었지요?"

"아!"

그때는 분명 민주수호당에서 보낸 걸로 추정되는 놈들이 송정한의 지역구 사무실 앞에서 빨갱이는 물러나라며 게거품을 물고 지랄 발광을 했었다.

"그러고 보니 사라졌군. 어떻게 된 거지?"

"간단한 겁니다. 이제는 자유신민당과 민주수호당이 서로 전면전을 치러야 하거든요."

실제로 자유신민당은 다시 한번 민주수호당을 빨갱이라고 종북이라고 몰아붙이고 있고, 민주수호당은 그런 자유신민당을 향해 정치적 탄압이라고 거품을 물고 있다.

"웃긴 거죠. 여당은 민주수호당인데 야당인 자유신민당에 정치 탄압이라니."

"그게 왜 나한테 이득이라는 건가?"

"피로도의 문제죠."

지금부터 벌써 빨갱이니 종북이니 하는 공격전이 시작된 이상 이 이야기는 분명히 다음 대통령 선거까지 이어질 거다.

"국민들은 그러한 주장에 극도로 피로감을 느낄 겁니다. 문제는 이제는 민주수호당도 자유신민당도, 이걸 포기할 수 없는 상황이 되어 버렸다는 거죠."

자유신민당에 있어서 종북 놀음은 아이덴티티다.

그들은 그걸 포기하면 보수당으로서 존재 가치가 사라진다고 생각하고 있다.

"그에 반해 민주수호당은 그걸 포기하는 순간부터 일방적으로 두들겨 맞게 되거든요."

실제로 지금도 종북이라고 몰아붙이는 자유신민당의 공격을 막아 내기 위해 민주수호당은 총력을 다해 그들을 똑같이 종북이니 빨갱이니 하면서 공격하고 있다.

"아, 그들의 난타전에서 우리 당만 빠져 있다 이건가?"

"맞습니다."

그들은 각자의 이득과 목적 그리고 정체성을 지키기 위해 빨갱이 타령을 멈출 수가 없는 상황이 되어 버렸다.

"그 와중에 오로지 우리국민당만이 살짝 어긋나 있죠."

딱히 그들이 뭘 하거나 한 게 아니다. 그냥 두 집단의 적대성이 너무 강하다 보니 제3당인 우리국민당이 눈에 보이지 않을 뿐이다.

"그러면 선거 때 어떻게 될까요?"

"양쪽에 질려 버린 사람들이 이쪽으로 오겠군."

"그럴 가능성이 아주 높습니다. 더군다나 민주수호당과 우리국민당은 정체성이 비슷하죠."

"그건 그렇지."

"그러면 싸움은 각자 비슷하게 하는 것 같지만 저쪽에서 이탈한 사람들이 이쪽으로 오게 되니 결국 이쪽 비율이 훨씬 높아지지요."

실제로 우리국민당이 분당하려고 할 때 민주수호당에서 가장 극렬하게 반대한 이유가 바로 그것이었다.

극단적으로 자기들이 불리하다는 것.

"하지만 그건 개소리죠."

그러면 더더욱 정책을 잘 짜고 정치를 잘해서 나머지 40%의 중도층을 데려오면 되는 일이었다.

하지만 한국의 정치는 오로지 30%의 지지 세력만을 바라볼 뿐이다.

"그런데 이제 상황이 바뀌었다?"

"맞습니다."

아마 양쪽 정당에 대한 중도층의 피로도는 극도로 높아질 거다.

정책은 입안하지 않고 오로지 이미지 정치만 하고 있으니까.

그 상황에서 양쪽과 슬쩍 거리를 두고 있는 우리국민당이 해결책과 정책을 들고나오면 사람들의 마음은 그쪽으로 쏠릴 수밖에 없다.

"그런다 해도 양쪽 정당에서 우리국민당을 같이 공격할 수는 없거든요."

서로 빨갱이라고 물어뜯고 있는데 어느 날 갑자기 손잡는 게 가능할까? 그럴 리가 없다.

"결국 한쪽은 우리국민당과 손잡겠지요."

"그러면 법률 통과에는 문제가 없겠군."

"맞습니다."

즉, 우리국민당은 중간에서 실익만 챙기면서 여러 가지 개혁을 이루어 갈 수 있다는 거다.

"그리고 가장 먼저 해야 하는 건 국방과학연구소를 정상화하는 거겠지요."

"그게 쉽겠나?"

"최소한 그렇게 보일 수는 있습니다. 사실 과학자들은 아직 협상을 하지 않고 있거든요."

"그건 들었네, 협상을 거부하고 있다고. 그래서 국방과학연구소에서 미치려고 한다더군."

그럴 수밖에 없다.

국방은 십년지대계가 아니라 백년지대계라고 하지 않는가?

그런데 수십 년간 연구한 게 한 방에 사라지는 걸 넘어서 남에게 팔려 가게 생겼으니 당연히 당황할 수밖에.

"그러니까 송 의원님과 우리국민당이 나서서 그들을 설득해야지요."

"설마, 그래서 자네가 그들에게 합의하지 말라고 했나?"

"네. 그래 봤자 또 시간이 지나면 착취하려고 들 테니까요. 그리고 그렇게 성공적으로 그들을 붙잡으면 어떤 이미지가 생기겠습니까?"

"그거야……."

"안보는 우리국민당이라고 생각하겠지요."

"허허허, 자유신민당 입장에서는 미치고 팔짝 뛰겠군."

그도 그럴 게, 안보는 자유신민당이라는 게 그들의 슬로건이니까.

"웃긴 거죠."

입으로는 안보를 외치지만, 권력을 잡을 때마다 안보 관련 예산을 깎고 자국 내 감시 비용을 늘린 게 자유신민당이다.

"정치는 쇼라는 걸 자유신민당도, 민주수호당도 잘 알고 있습니다."

중요한 건 진실이 아닌 쇼다.

우리국민당이 아무리 노력해도 쇼를 할 줄 모르면 권력을 잡을 수 없고, 권력을 잡을 수 없으면 아무것도 바꿀 수 없다.

"정치는 쇼……."

"네."

"알겠네. 내 이번에는 자존심 상해도 쇼 한번 하지."

송정한은 고개를 끄덕거렸다.

"이제 본격적으로 선거운동이 시작되는군."

"선거운동이 아니라 선거전쟁이지요."

본격적인 선거운동 시기는 아직도 멀었지만 본격적인 권력투쟁은 지금부터였다.

"그리고 저는 언제나처럼 질 생각이 전혀 없고요."

미래를 바꾸기 위해서는 권력이 절대적으로 필요하니까.

"기대하셔도 될 겁니다, 후후후."

군인은 죄인이 아니다

　군인은 나라를 지키기 위해 노력하는 사람이자 자신의 인생을 일부 포기한 사람이다.

　그래서 다들 입으로는 군인을 대우해야 한다고, 군인에게 감사해야 한다고 말한다.

　"문제는 입으로만 이 지랄이라는 거죠."

　유영민은 화가 난다는 듯 말했다.

　"그 교수도 깡 한번 대단하다. 널 상대로 그 짓거리를 한다고?"

　"네. 공정함을 위해 어쩔 수 없는 선택이래요."

　"지랄하고 자빠졌네."

　"그니까요. 아니, 씨팔. 공정하게 하려고 했다면 이러면 안 되죠."

유영민은 아직 대학생이다.

대기업 재벌가의 후손이지만 유민택이 입대하라고 권하기도 했고 그 스스로도 세상을 배워야 한다고 생각했기에 군대에 갔다 왔다.

그리고 군대에 다녀오면 당연히 예비군이 되어서 국가의 부름에 응해야 한다.

당연하게도 세상의 그 누구도 예비군 훈련을 하러 가고 싶어 하지는 않는다.

대한민국 남자들이라면 그게 누구든 군대와 관련되고 싶어 하지 않는 게 정상이다.

"그런데 제가 예비군 훈련을 다녀왔다고 점수 깎는 건 말이 안 되는 거 아니에요?"

"그렇지. 게다가 그러면 대상이 너뿐만이 아니게 되지 않나?"

"그러니까요. 아오, 이 미친 교수 새끼."

유영민이 다니는 한국대는 대한민국에서 명문 대학교로 유명하지만 그렇다고 해서 그게 소속된 모든 교수가 지혜롭다는 걸 뜻하지는 않았다.

"자기한테는 이게 공정한 거니까 꼬우면 소송하래요."

"얼씨구?"

그가 듣는 강의의 교수는 출결이 엄하기로 유명했다.

세 번 이상 지각하면 한 번의 결석으로 취급하고, 결석 한번에 점수의 3분의 1을 깎는다. 그리고 세 번 이상 결석하면 무조건 F학점을 준다.

"하지만 이건 아니죠."

얼마 전 유영민이 예비군 훈련에 갔다 온 게 문제가 되었다.

아니, 사실 유영민만 예비군 훈련을 다녀온 게 아니었다.

학과생 중에 남자 전부가 예비군 훈련을 다녀오고 그걸 증명할 수 있는 서류를 제출했는데도 교수는 공정을 이유로 무조건 3분의 1의 점수를 깎겠다고 한 것.

"알고 보니까 그 교수님, 매번 그런 식이래요."

그 말에 노형진이 미간을 찡그렸다.

"그거 불법인데."

예비군 훈련으로 인한 불이익은 절대로 줄 수 없다.

그런데 그 교수는 천연덕스럽게 그런 식으로 불이익을 준다는 것.

"어쩐지 남자 학생이 이상하리만치 없다 싶었다니까요."

"흠. 하긴, 교양이니까 지금까지 살아남았겠지."

만일 전공 필수였다면 아마 학생들이 들고일어났을 거다.

하지만 교양 수업이니까 그냥 똥 밟았다 생각하고 굳이 싸우려 하지 않았다는 것.

"더군다나 웃긴 건 그 교수님도 남자라는 거예요."

군필자로서 남자에게 불이익을 주는 걸 너무나도 당연하게 생각한다는 말에 노형진은 혀를 끌끌 찼다.

"기가 막히군."

"소위 말하는 스윗남이라니까요."

"뭐, 꼰대 중에 그런 사람들이 있기는 하지."

스윗남이란 여성에게 친절하게 잘 대해 주는 남자를 말한다.

물론 그 행동 자체가 나쁜 건 아니다.

"그런데 이런 타입은 일반적으로 생각하는 그런 달콤한 남자가 아니라는 게 문제지."

노형진의 말에 유영민이 눈을 동그랗게 뜨고 그를 쳐다보았다.

"얼레? 형도 스윗남이 뭔지 알아요?"

"나 그렇게 안 늙었다."

일부에서 스윗남이라는 말은 좋지 않은 뜻으로 사용된다.

정확하게는, 여자를 배려한다는 이유로 역으로 남성을 차별하는 타입들을 스윗남이라고 비꼬기도 한다.

여성에게 달콤하지만 남자에게는 잔인한 인간인 셈이다.

"아무리 그래도 성적 때문에 스윗남이라고 까이는 건 좀 무리 아닌가?"

"성적만이면 차라리 이해라도 하죠."

"다른 게 있어?"

"말도 마세요. 아주 대놓고 남자 차별합니다."

성적만이 아니라 아예 학교에서 수업할 때도 대놓고 차별한다고.

어려운 문제는 남학생에게 질문하고 쉬운 문제는 여학생에게 질문하며, 여학생들 중 예쁜 애들만 따로 밥을 사 줬다는 소문도 있고.

"조별 과제할 때도 장난 아니라니까요. 남자는 남자끼리, 여자는 여자끼리 묶어 두고는 남자 쪽 과제 난이도가 미쳤어요."

"어느 정도였는데?"

"여자 쪽 과제는 임진왜란의 역사와 의미였는데, 그에 비해 남자 쪽 과제는 근초고왕의 일생과 그의 삶의 재해석이래요."

"근초고왕? 자료나 있나?"

근초고왕은 백제 왕이다.

아무래도 오래전 인물이기에 자료도 부족하고 그 삶을 조명할 기록도 찾기 힘들다.

당연히 그 자료는 임진왜란에 비해 턱없이 부족할 수밖에 없다.

"아주 대놓고 남자들 엿 먹어라 수준이네."

"네, 맞아요."

"아무리 그래도 성적의 3분의 1을 까는 건 너무한데."

결석 처리만 해도 상당히 불만이 쌓일 판인데 그걸 핑계로 점수의 3분의 1을 까는 건 이해가 가지 않는 행동이었다.

"저도 기가 막힌다니까요. 말이 안 통해요."

"학교에 말해 봤어?"

"해 봤죠. 그런데 어쩔 수 없대요."

"뭐, 그럴 거다. 보통 그런 경우는 빽이 있거든."

"빽요?"

"그래."

분명 현행법을 대놓고 위반하는 거고, 학생들은 불만을 제기했을 거다.

그러면 학교에서는 고발을 하든 경고를 하든 해서 그런 행동을 막아야 한다.

더군다나 요즘은 교수에 대한 평가도 하기 때문에 그런 식으로 터무니없는 짓을 하게 되면 잘리는 게 일반적이다.

전공 교수도 아닌 교양 교수라고 하면 더더욱 그렇다.

"들어 보니 이런 짓을 한두 번 한 게 아니겠구만."

"맞아요."

"도대체 그걸 왜 들었냐?"

"제가 듣고 싶어서 넣었겠나요."

학점을 채우기 위해서는 교양을 들어야 하는데, 간발의 차이로 점수 잘 주는 강의를 놓쳐 버려 하는 수 없이 빈 강의를 신청한 거란다.

"선배들이 경고해 주지 않았어?"

"제가 선배들하고 사이좋게 지내기가 좀……."

"이해는 한다."

유영민이 아무리 평범하게 행동하려 해도 결국은 대룡그룹의 후계자다. 그런 사람이 아무런 사심 없이 누군가와 어울리기란 쉬운 일이 아니다.

그렇다 보니 소문이 조금 느렸다.

"어쩐지 남학생 수가 고작 다섯 명뿐이더니."

죄다 한 타이밍 늦어서 어쩔 수 없이 들어온 것이었고, 나중에야 그들도 그 사실을 알고는 기겁했단다.

"그러면 상위권은 전부 여자애들이겠네?"

"정확하게는, 남자는 무조건 바닥 깔고 들어가는 거죠."

"하긴, 그렇겠네."

한국대학교가 소위 말하는 먹고대학생이 들어가는 대학도 아니고, 한국의 진정한 수재들만 들어가는 곳이다.

당연히 거기에서 놀고 싶다고 강의를 째는 애들은 없다고 봐도 무방하다.

그런 치열한 곳에서 일단 점수 3분의 1을 까고 들어간다면 100% 바닥에 깔린다고 봐야 한다.

"그래서, 항의했더니 공정 타령을 했다고?"

"네."

그 말에 노형진은 고개를 흔들었다.

"공정이라는 말을 전혀 이해하지 못하는 교수라……."

"뭐, 그냥 다른 사람들처럼 똥 밟았다고 생각하고 가면 그만이기는 한데요."

사실 전공 필수도 아니고 고작 교양인 만큼 그냥 무시하고 다른 수업을 들으면 된다. 다른 사람들과 마찬가지로 말이다.

"하지만 보니까 이대로 당하면 안 될 것 같아서요."

물론 말도 안 되는 걸로 갑질을 하는 거라면 노형진이 크게 혼냈을 테지만 이건 유영민이 잘못하는 게 아니다. 그 교수가 잘못된 거지.

"일단은 내가 만나서 이야기해 보마."

"안 통할 거예요. 선배들 이야기를 들어 보니 10년 전에도 그 짓거리 했다던데요?"

"그러면 이 짓거리를 시작한 건 더 오래 전이라는 소리네?"

"네. 그런데 그동안 이빨도 안 들어갔대요."

일반적으로 대학생으로서 다닐 수 있는 기간은 4년. 거기다가 군대 2년 해서 6년이다.

지금 유영민의 나이를 생각하면 최소 10년간은 계속 이 짓거리를 해 왔다는 거다.

"일단 만나 봐야지."

만일 설득해서 해결할 수 있다면 그게 최선이니까.

"왠지 쉬울 것 같지는 않지만 말이야."

노형진은 쓰게 웃으며 말했다.

⚖️

한국대학교의 교양 수업 중 하나인 '역사와 미래'.

담당 교수인 원광소는 노형진을 만나자마자 일단 화부터

냈다.

"그러니까 유영민 군에게 특혜를 달라?"

"특혜를 달라는 게 아닙니다. 유영민 군은 의무에 따라 군역을 다한 것뿐입니다. 그런 만큼 법에 따라 불이익을 줘서는 안 된다고 말씀드리는 겁니다."

"그걸 우리는 특혜라고 부른다네."

"특혜가 아닙니다. 세상에 군대에 가고 싶어서 가는 사람이 얼마나 됩니까?"

"군대는 그렇지. 하지만 누가 그때 가랬나?"

"네?"

그 말에 노형진은 귀를 의심했다.

원광소는 가관을 넘어서, 아예 의무와 책임에 대한 개념 자체가 없는 사람이었다.

"군대는 언제든 갈 수 있어. 대학을 졸업하고 나서도 갈 수 있지. 그런데 유영민 군은 언제 갔지? 대학교 2학년을 마치고 갔지."

"그게 일반적입니다만?"

"결국 자신이 선택한 거야. 군역이 의무라고? 그래, 군역은 의무야. 하지만 그걸 언제 질지는 개인의 선택 아닌가?"

"그렇지요."

"대학에서 제대로 공부하고 싶었다면 4학년까지 마치고 가도 되는 거였어. 그리고, 군대야 그렇다 쳐도 예비군 훈련은 연기가 가능하지. 그러면 당연히 내 수업을 듣기 위해 연기하는 게 정상이지. 안 그런가?"

'이 인간, 법을 제대로 알지도 못하면서 일단 윽박지르는 타입이네.'

노형진은 어이없는 표정으로 원광소를 쳐다보았다.

"예비군 훈련 연기는 아무 때나 되는 게 아닙니다만……?"

예비군 훈련을 연기할 수는 있다. 하지만 명확한 사유가 있어야 한다.

입원, 장례 등 본인이나 집안에 큰일이 있거나 회사의 중요 업무로 인해 뺄 수가 없다거나 하는 정도의 이유가 아니면 예비군 연기는 불가능하다.

"대학생의 수업은 예비군 연기 사유로 볼 수 없습니다."

"내 수업이 중요하지 않다 이건가?"

아주 대놓고 기분 나쁜 티를 팍팍 내는 원광소.

노형진은 그에게 단호하게 답했다.

"네."

"뭐라고?"

"물론 수업은 개개인에게 중요하죠. 하지만 그걸 판단하는 건 교수님이 아니라 국가입니다."

그리고 국방부에서는, 수업은 중요한 사유로 인정하지 않는다.

'하물며 교양인데.'

필수과목은 학업을 하는 데 있어서 꼭 필요하기에 들어야 하는 거지만, 교양과목은 필수적이지는 않다는 소리다. 그 때문에 신청한 사람만 듣는다.

그런데 그걸 과연 국방부에서 중요하다고 판단할까?

"법적으로 수업은 중요도가 낮습니다. 당연히 해당 사유가 인정되어 훈련이 연기될 가능성이 낮습니다."

"너…… 너……."

"그리고 대학 4년 졸업 후에 군대에 가는 게 얼마나 불리한지 모르시군요."

'이 새끼는 분명히 사회생활 안 해 봤어.'

대학 2학년을 마치고 군대를 가는 것과 4학년을 마치고 가는 것.

이 차이는 사회에서 어마어마하다.

예를 들어 2010년 입학생이 두 명 있다고 치자.

이 중 한 사람은 2011년에 2학년을 마치고 입대를 위해 휴학했다가 2014년에 복학한 뒤 2016년 졸업이다.

그리고 다른 한 사람은 2014년 졸업 후에 2016년 제대다.

입학한 해는 똑같이 2010년이지만 그들이 사회에 나갈 때 기업들은 무조건 2016년 졸업생을 뽑지 2014년 졸업생을 뽑지 않는다.

4학년 마치고 군대를 다녀왔다는 이유?

애석하게도 그걸 인정해 주는 기업은 거의 없다.

올해 졸업생과 2년 전 졸업생이 가지는 어감의 차이는 엄청나게 크다.

"더군다나 학업의 문제도 있죠."

2학년을 마치고 다녀오면 복구해야 하는 지식은 2학년 수준의 양이다. 제대로 공부했다면 불가능한 양이 아니다.

그러나 그에 반해 4학년을 마치고 군대에 갔다 온다면 복구해야 하는 양은 4년 치다.

더군다나 학년이 올라갈수록 고등 이론을 배우기 마련.

당연히 2학년을 마무리하고 다녀오는 것과 4학년을 마치고 다녀오는 것은 지식의 수준이 다르기에 보통은 2학년, 빠르면 1학년을 마치자마자 다녀온다.

"군대는 빨리 다녀오는 게 좋다는 인식이 괜히 생긴 게 아닙니다."

"군대가 똥군기로 문제가 되는 건 내 문제가 아니지."

"똥군기가 문제가 아니라니까요. 사회생활을 해 본 사람들이라면 다 아는 사실입니다."

노형진은 갑갑했지만 꾹 참고 차분하게 설명해 주려 했다. 하지만 원광소는 아예 들을 생각 자체가 없어 보였다.

아니, 듣기는 했지만 고집을 꺾을 생각이 없었다.

"시끄럽네. 나는 어떤 경우에도 특혜를 줄 수 없어!"

"특혜가 아닙니다."

"아, 시끄럽다니까! 나가! 네가 아무리 대기업 변호사라

해도 나는 특혜 요구에 굴복하지 않아!"

논리와 말발에서 밀린다고 생각한 원광소는 결국 소리를 버럭 지르면서 노형진을 쫓아냈고, 노형진은 어이가 없는 얼굴로 그의 사무실에서 쫓겨날 수밖에 없었다.

"아니, 지금 뭐 하자는 거야?"

노형진은 짜증스럽게 머리를 긁적거렸다.

"누가 보면 진짜 우리가 무슨 엄청난 특혜를 요구하는 줄 알겠네."

마치 자신이 구국의 투사라도 되는 양 소리를 버럭버럭 지르는 원광소를 보면서 노형진은 질려 버렸다.

그는 곧 전화기를 들었다.

"어, 영민아. 형인데."

-말 안 통하죠?

"나 졸지에 대기업 이름 팔아서 압력 행사하는 악덕 변호사 됐다."

-거봐요. 말이 안 통한다니까요.

"끄응. 넌 이제 어쩔 거야?"

-뭘요?

"소송할래? 아니면 이대로 그냥 다른 사람처럼 무시할래?"

-당연히 소송해야지요. 그럴 생각이 없었다면 제가 형을 왜 찾아갔겠어요.

"하긴, 그것도 그러네."

─다른 학생들은 그 인간한테 못 대들어요. 아시잖아요.

꼴에 교수라고 교수들 인맥을 가지고 있고, 심지어 이런 짓거리를 10년이 넘게 하면서도 어떠한 불이익도 당해 본 적이 없는 인간이다.

그 말은 누구도 저항하지 못한다는 소리였다.

─저야 뭐 대들어도 불이익을 받을 이유도 없고요.

원광소가 아무리 지랄해도 그와의 친분을 위해 유영민에게 불이익을 줄 교수는 없다.

설사 준다고 해도 학점을 짜게 주는 게 그들이 할 수 있는 전부인데, 솔직히 유영민에게 학점은 절실한 게 아니니까.

"그래, 네가 아니면 이 교수하고 싸울 만한 사람이 없지."

특히 한국의 학교에서는 교수의 권한이 절대적인지라 학생이 잘못된 걸 지적하면 사회적으로 매장하는 분위기가 강하다.

─제 사랑하는 후배들을 위해 한번 뒤집어 볼까 하고요.

"그래, 알았다. 그러면 내가 제대로 조져 줄게. 그나저나 그러면 너 F학점 확정인데?"

─이미 형이 그 교수를 찾아간 시점에서 전 F 확정이에요. 애초에 안 그랬어도 F 확정일걸요.

"하긴, 한국대는 상대평가였지?"

─네.

절대평가가 아니라 상대평가이기 때문에 누군가는 아무리

공부를 잘해도 아래에 깔려야 한다.

그런데 일단 점수의 3분의 1을 먼저 깎고 시작하는 소수의 군필 남학생들은 무조건 바닥에 깔릴 수밖에 없다.

"좋아. 그러면 제대로 시작해 봐야지."

노형진은 고개를 좌우로 흔들며 말했다.

"이 노친네가 아직 대기업의 갑질을 겪어 보지 않아서 모르는 모양인데……."

노형진은 씩 하고 웃었다.

"대기업 갑질을 한번 제대로 보여 주도록 하지, 후후후."

⚖️

사람들은 대기업에서 하는 소송이라고 하면 하나같이 불법적이거나 뇌물을 쓰거나 자신들의 이권을 위해 어떻게 해서든 판사를 매수하는 경우만 생각한다.

그러나 이런 경우는 이쪽이 피해자인 게 명백하게 확실했기에 소송하기가 훨씬 편했다.

그래서 이번 소송은 노형진 혼자 처리하려고 생각 중이었다.

최근 다양한 사람들과 협력하며 동분서주해야 하는 사건들을 계속 다뤘던 터라 오랜만에 혼자 느긋이 사건을 처리할 수 있겠다는 생각에 노형진은 새삼 마음이 평안해졌다.

그러나 그 기대는 얼마 지나지 않아 찾아온 어떤 방문객에

의해 깨지고 말았다.

"이해가 안 가."

"이해할 필요 없이 굳이 네가 올 필요는 없다만?"

"그래도 배워야지."

"이걸 뭘 배워? 솔직히 이건 아무에게나 맡겨도 무조건 이기는 소송인데."

사실 새론과 대통의 관계 때문에 굳이 노형진이 담당해서 진행하는 거지 본래 이런 소송은 지려야 질 수가 없는 소송이다.

그런데 굳이 배워야 한다며 먼저 찾아온 서세영을 의심스러운 눈으로 보면서 노형진은 혀를 끌끌 찼다.

"아니, 그래도 배워야지."

"그래, 잘 배워라. 하여간. 눈치는 빨라서는."

"어허, 내가 뭘 어쨌다고?"

서세영이 평소보다 과장되게 입을 삐쭉였다.

그 모습을 잠시 바라보던 노형진은 이내 말을 돌렸다.

"그래서, 뭐가 이해가 안 가는데?"

"응? 아, 그거? 아니, 교수님들은 대체 왜 이래? 나 때도 종종 이런 교수님들이 있었는데."

"아, 그거?"

그 말에 노형진은 머리를 긁적거렸다.

"처벌을 안 하거든."

"처벌을 안 한다고?"

"그래. 처벌 걱정도 없이 보복을 할 수 있으니 이 얼마나 좋아."

"말이 안 되잖아. 그게 왜 처벌이 안 돼?"

"법이야 있지."

확실히 예비군법에는 예비군 활동으로 인해 불이익을 주는 경우 법적으로 2년 이하 징역, 또는 2천만 원 이하 벌금을 물도록 되어 있다.

"그런데 역사적으로 그 조문에 따라 처벌받은 사람은 단한 명도 없어."

"응? 없다고?"

"응. 단 한 명도."

사실 예비군법은 아주 오랜 역사를 가지고 있다.

대한민국은 성문법 국가다. 즉, 법규가 없으면 정부에서 의무를 부여할 수가 없다.

그런데 웃긴 건, 사회의 지도층이나 활동 계층 상당수가 예비군을 거쳐 간 사람들인데 정작 그들은 자기 학생이나 부하가 예비군 훈련을 하러 간다고 하면 온갖 지랄을 한다.

"학교에서부터 기업까지, 진짜 생지랄을 하지."

나라가 너 먹여 주냐, 벌금을 내더라도 기어 나와라, 예비군 연기해라 등등.

그들은 상대방이 예비군 불참으로 받을 피해보다 자신이

상대방을 지배하는 게 더 중요한 사람들이었다.

"그런데도 진짜로 단 한 명도 처벌받은 사람이 없어."

노형진의 말에 서세영이 의아한 표정을 지었다.

"아니, 왜? 그럴 거면 도대체 법은 왜 만든 거야?"

"지랄 같은 거지. 애초에 법을 만드는 새끼가 사회생활을 해 봤어야 알지."

"국회의원들이 몰라서 법을 잘못 만든다는 거야?"

"그래."

국회의원들은 누군가에게 고개를 숙여 본 적이 없으니까 이렇게 법을 만들면 알아서 잘 굴러갈 거라 생각하는 거다.

"그런데 말이야, 예비군 가지 말라고 생지랄하는 놈들은 보통 갑이야."

"음? 그런가?"

"그래. 예비군 훈련하러 가는 사람이 누군데?"

일반적으로 대학생 또는 대학을 졸업한 지 얼마 안 된 사회 초년생이 예비군이다.

나이 40살 먹고 예비군 훈련 가는 사람은 거의 없다고 봐도 무방하다.

특정 사유 때문에 진짜로 군대를 늦게 간 일부를 빼면 말이다.

"그런데 그 지랄을 하는 사람이 밑에 있는 사람이겠어?"

"아아~."

당연하게도 이번처럼 학교인 경우는 교수, 회사의 경우는 상관 또는 선배 같은 인간일 것이다.

"예비군 훈련을 나가지 않으면 벌금이 50만 원이야. 그런데 방해받아서 그걸 고발하면 상대방은 징역 2년 또는 벌금 2천만 원이지."

"무슨 소리인지 알겠네."

만일 그런 꼴을 당했을 때 상대방이 과연 보복을 하지 않을까? 당연히 한다.

"학생이라면 무조건 F학점을 주겠지. 회사라면 최소 인사고과 0점, 최악의 경우 해고가 날아올 테고."

"그러면 이거 구조적으로 피해자가 고발할 수가 없는 구조잖아."

"그러니까 내가 말한 거야. 법을 잘못 만든 거라니까."

만일 누군가 예비군 훈련에 불참했다면 그에게 무조건 벌금 50만 원을 날리는 게 아니라 윗선의 압박으로 인해 출근하거나 학교에 갔는지, 아니면 자의적으로 그냥 짼 건지 예비군을 지도하는 국방부에서 자체적으로 조사했어야 했다.

"그런데 이 법은 그냥 '억울하면 윗선을 신고하시고 인생 조지세요.'라는 식이잖아."

그러니 위에서 지랄하면 그냥 벌금 50만 원 내고 당하고 마는 것이다.

"그래서 오빠가 영민이 아니면 고소 고발 못 한다고 한 거구나."

"그래."

고발이야 쉽다. 하지만 그 이후에 벌어질 불이익을 감수할
사람이 얼마나 될까?

"더군다나, 대부분의 남자들은 군대에 다녀오면서 철이
들어. 조직을 위해 개인의 손해를 감수하는 법을 배운다는
뜻이지."

군이 고발해서 멀쩡한 조직에 파란이 일어나게 하느니 차
라리 그냥 내가 50만 원 내고 말자, 그게 남자들의 일반적인
생각이 된다는 것.

"음, 그러면 이거 어떻게 하려고? 일단 고발을 하려고?"

"당연히 해야지. 네가 말한 것처럼 고발하라고 한 법이니
까 당연히 고발해야지."

"그 교수도 머리가 아프겠네."

그 말에 노형진은 피식 웃었다.

"세영아, 말 바꿀게. 넌 진짜 많이 배워야겠다."

"응? 무슨 소리야?"

"법을 두 눈으로 보면서도 해석 못하면 어떻게 하니?"

"응? 무슨 소리야?"

"방금 네가 한 말은 일반인들이 할 말이고, 너는 변호사잖
아. 그러니까 제대로 법을 봐야지."

"내가 뭘 잘못 봤다는 거야? 예비군법이 아무리 주요 법률

이 아니라곤 해도 내가 그 정도는…… 아…….”

서세영은 노형진의 말에 다시 한번 예비군법의 처벌 규정을 보다가 아차 싶었다.

“이거 진짜 몰랐네?”

“그래. 대부분의 사람들이 착각하는 부분이지.”

예비군법의 15조에 따르면 예비군 대원으로 동원되거나 훈련을 받은 사람에 대하여 정당한 사유 없이 불리한 처우를 한 사람은 2년 이하 징역, 또는 2천만 원 이하의 벌금에 처하도록 되어 있다.

일반적으로 사람들은 누군가가 예비군 훈련에 관해서 뭐라고 하면 이 부분을 물고 늘어진다.

“하지만 영민이는 학생이잖아.”

유영민은 회사원이 아니라 학생이다.

그렇다면 이런 경우 15조가 아니라 10조의 2가 먼저 적용되어야 한다.

“예비군법 10조의 2. 고등학교 이상의 학교의 장은 예비군 대원으로 동원되거나 훈련을 받는 학생에 대하여 그 기간을 결석으로 처리하거나 그 동원이나 훈련을 이유로 불리하게 처우하지 못한다.”

“그래, 우리가 봐야 하는 건 15조가 아니라 10조의 2지.”

법적으로 고등학교 이상의 학교의 장이라고 표현되어 있지만 사실 고등학생이 예비군 훈련을 받을 이유는 없다고 봐도 무방하니 결과적으로 이건 대학만을 위해 만들어진 조항이라고 봐야 한다.

조항을 보며 곰곰이 생각하던 서세영이 뭔가를 깨달은 듯 고개를 들어 노형진을 쳐다보았다.

"그러면?"

"그래, 맞아. 우리가 고발할 대상은 원광소 교수 한 명이 아니라 한국대학교 총장이야."

그리고 한국대학교 총장은 권력의 핵심, 대한민국 상아탑의 꼭대기에 있는 인간이다.

즉, 한국 대학 중에서는 가장 꼭대기에 있는 존재.

그런 존재가 고발당한다면 대학에 어떤 피바람이 불까?

"예비군 관련 처벌로 기소당하면 아주 재미있을걸."

⚖️

노형진은 기자들을 불렀다.

이유는 간단했다. 원광소가 대기업 갑질을 겪어 본 적이 없는 것 같으니까 제대로 겪어 보게 하기 위해서였다.

"노 변호사님, 그게 뭡니까?"

당연히 기자들은 호기심을 감추지 못하는 얼굴로 물었다.

다른 것도 아닌 한국을 대표하는 대기업인 대룡의 후계자에 관련된 고발이 진행된다는 소식이었으니 아무리 엉덩이가 무거운 기자라고 해도 오지 않을 수가 없었다.

"유영민 씨에게 불이익을 준 한국대학교 총장에 대한 고발
서류입니다."

"유영민한테 불이익을 줬다고?"

"한국대에서?"

"미친 건가?"

"아니, 거기서 미쳤다고 유영민한테 불이익을 줬다고?"

기자들은 그 말을 믿을 수가 없었다.

아무리 상아탑이니 뭐니 해도 결국 취업에 목매는 게 바로
대학교다.

더군다나 대룡은 원래부터 한국대학교에 장학금을 기부해
왔고, 유영민이 입학한 후에는 상당한 액수의 기부금도 내고
있었다.

그런데 그런 대룡그룹의 유일한 후계자가 불이익을 받았
다고?

"뭔가 오해가 있는 거 아닙니까?"

"맞습니다. 혹 특혜를 주지 않았다고 고발하시는 건 아닌
가요?"

누군가는 설마 불이익을 줬겠느냐고 생각했는지 혹시 특
혜를 안 줘서 보복하는 거 아니냐고 슬쩍 꼬집기도 했다.

실제로 권력자의 자식들이 대학교들에 특혜를 요구하는
건 흔하다 못해 너무 당연한 걸로 받아들여지는 상황이었다.

하지만 노형진은 당당했다.

"아닙니다. 불이익을 줬습니다. 그것도 법에서 금지한 불이익을요."

"법에서 금지한 불이익을 줬다고?"

"총장이 미쳤나?"

노형진이 한 말에 다들 어리둥절했다.

도대체 얼마나 큰 문제이기에 이렇게 크게 고발을 한단 말인가?

"유영민 군이 예비군 훈련을 이유로 수업에 출석하지 못하자 결석 처리하고 학점의 3분의 1을 무조건적으로 깎았습니다."

"응?"

"예비군 훈련?"

예비군 훈련이라는 말에 기자들은 어리둥절한 얼굴이 되었다.

"고작 그걸로 고발하신다고요?"

"고작이라……. 이게 고작으로 보이십니까?"

기자 중 한 명이 고작 그런 걸로 자기를 불렀다는 게 자존심 상했는지 태클을 걸었다.

하지만 노형진은 그런 그에게 단호하게 말했다.

"대한민국의 거의 모든 남성은 군대를 다녀왔거나 가야 합니다. 그리고 그로 인해 어떠한 피해도 입어서는 안 됩니다. 안 그런가요?"

"그거야······."

그건 당연한 거다.

물론 실질적으로 대한민국의 남성이 군대로 인해 막대한 피해를 입고 있기는 하다.

하지만 그래도 참고 인내하는 중이었다.

"그리고 예비군법에 따라, 그 예비군 활동으로 인해 당사자는 어떤 피해도 입어서는 안 됩니다. 그렇게 생각하시죠?"

"그거야······ 그렇지요."

아무리 기자가 막 나간다고 해도 뉴스 독자의 절반이 남자인데 '남자가 쪼잔하게 그따위 걸로 고발합니까?'라고 말할 수는 없었다.

"그런데 명백하게 예비군 훈련을 갔다는 이유로 심각한 피해를 입었습니다. 방금 말씀드렸다시피 점수의 3분의 1을 차감당합니다. 그리고 그 정도면 한국대에서는 무조건 F학점이 뜬다고 생각해야 합니다."

"으음······."

"방금 기자분에게 묻겠습니다. 만일 예비군 훈련을 갔다는 이유로 무조건 F학점을 맞아야 한다면 그게 차별이 아니라고 생각하실 수 있습니까?"

"그게······."

"아니면 유영민 씨는 재벌가의 자손이니까 그 정도는 감수해야 한다고 생각하시는 건가요?"

그 말에 기자는 아무런 대답도 할 수 없었다.

그걸 수긍하면 대룡과 싸우겠다는 소리니까.

"법과 원칙은 공정해야 합니다. 평범한 학생이 타당한 이유 없이 불이익을 당해서는 안 되는 것처럼, 유영민 학생이 대룡의 후손이라고 해서 역으로 불공정하게 취급받아도 되는 건 아닙니다."

그때 어떤 기자가 손을 들었다.

"재벌가의 갑질 아닙니까? 이건 대화를 통해 잘 해결할 수 있을 것 같은데……."

"이미 시도해 봤습니다. 그리고 재벌가의 갑질이 아닙니다. 방금 말씀드렸다시피 저희는 법과 원칙에 따른 공정한 대우를 요청했습니다만, 한국대학교 측은 거부의 의사를 명확하게 했습니다."

그 말에 기자들은 기가 막혔다.

"한국대 총장이 미쳤나?"

"그러게."

서로 떠드는 기자들.

노형진은 그런 기자들을 보면서 고발장을 들었다.

"현재의 예비군법은 예비군 피해자들의 고발을 막는 구조로 되어 있습니다. 학교든 회사든, 교수 또는 상급자에게 반기를 드는 상황이 아니라면 현실적으로 고발은 불가능합니다."

그 말에 다들 어느 정도 알 것 같다는 듯 고개를 끄덕거렸다. 자신들도 사실 겪어 봤으니까.

기자라고 해서 예비군 훈련 안 가는 것도 아니고, 그 때문에 데스크에서 소새끼 개새끼 해서 예비군 훈련을 못 간 적도 있으니까.

"이에 우리 대룡에서는 그 총대를 메고 처음으로 고발하기로 했습니다."

"왜 대룡입니까?"

"예비군 훈련을 가는 사람을 막는 존재들은 대부분의 경우 갑입니다. 그리고 대부분의 을은 저항하지 못합니다. 하지만 우리 대룡은, 그리고 의뢰인인 유영민은 갑이죠. 갑이 아니면 고발하지 못하는 법의 구조인 만큼 갑인 저희가 고발을 하겠습니다."

대놓고 갑질을 하겠다는 노형진의 말에 기자들은 기가 막혔지만 그렇다고 그걸 부정하지도 못했다.

"저희가 부당한 갑질을 한다고 생각하지 말아 주십시오. 법을 이용할 수 없는 대다수의 을을 위해, 그리고 법의 공정한 적용을 위해 고발을 진행하는 것임을 알아주십시오."

그렇게 말을 마무리한 노형진은 검찰청 내부로 들어갔다.

그리고 그 모습을 열심히 찍은 기자들은 사진을 열심히 퍼 나르기 시작했다.

이 소식은 아주 빠르게 한국대학교로 날아갔다.

"아니, 이게 뭔 개 같은 경우야!"

한국대학교의 총장 이원술의 입장에서는 날벼락도 이런 날벼락이 없었다.

그도 그럴 게, 한국대학교는 대한민국의 권력가나 재력가의 후예들이 많이 오는 대학이라 미래를 위해서라도 그들에게 각별히 신경을 쓰기 때문이다.

그런데 다른 곳도 아닌 대룡에서 자신을 조지겠단다.

"이거 도대체 어떻게 된 거야? 어? 어떻게 된 거냐고!"

"아…… 저, 그게……."

당연히 다른 교수들과 관계자들은 정신을 차리지 못하고 있었다.

"일단 대룡 측과 이야기를 해 보시는 게……."

"이야기? 씨팔, 지금 장난해? 벌써 고발장이 들어갔는데 무슨 이야기? 그리고 대룡이 눈깔 돌아가면 무슨 꼴 나는지 몰라서 그래?"

일반적으로 대룡은 신사적으로 행동하고 사회적으로도 큰 문제를 일으키지 않는 것으로 알려져 있다.

하지만 자기 사람을 건드리는 경우 제대로 미쳐서 상대방을 족치는 걸로도 유명했다.

과거에 자사 정직원도 아니고 파견직 직원의 자녀를 누군가 왕따 시켰다는 이유로 기업이 통째로 미쳐서 그 가해자 집안을 박살 낸 사건은 아직도 유명해서, '대룡을 건드리면 좆 된다.'라는 이미지를 만들어 냈다.

심지어 과거에 대룡과 싸웠던 성화의 일가족은 중국에서 잡혀 인체 신비전에 전시되는 시체로 사용되었다는 소문이 파다하게 돌았는데, 대룡에서는 그걸 부정하지도 않았다.

"그런데 다른 사람도 아닌 유영민을 건드려? 이 새끼들은 대체 뭔 짓을 한 거야? 미친 거야?"

"아니, 그게……."

그 순간 안으로 들어오는 한 여자.

그녀를 본 이원술은 길길이 날뛰었다.

"야! 경영대 학장! 지금 이거 뭐야? 도대체 무슨 꼴이 난 거냐고!"

"그게……."

유영민이 속한 경영대 학장인 그녀는 손을 바들바들 떨었다.

하긴, 그녀도 이 꼴이 날 줄은 몰랐을 테니까.

"너 당장 제대로 말 안 해? 어? 제대로 말하라고, 이 개 같은 년아!"

사실 한국대 총장이라고 해서 경영대 학장의 상급자 같은 개념은 아니다.

교수진 사이에서 투표를 통해 총장이 선발되는 거니까.

그랬기에 평소에는 그냥 원 교수라고 부르며 사람 좋게 웃으며 지냈다.

하지만 상황이 이렇게 되니 눈이 돌아갈 수밖에 없었다.

"교양 교수 한 명이 실수를 했답니다."

"교양 교수? 이 미친 새끼들이! 도대체 개념이 있어, 없어? 공문이 엿 같아?"

실제로 한국대는 매년 예비군 훈련에 관해서 불이익을 주지 말라고 기계적으로 공문을 보내왔다.

하지만 기계적으로 보내는 것뿐이라 실제로 그걸 제대로 읽는 사람은 거의 없었다.

왜냐하면 대부분의 사람들은 예비군 훈련으로 인해 불이익을 주는 게 비정상이라는 생각을 할 정도의 학식은 있기 때문이다.

애초에 그 정도 학식도 없는 사람이 교수를 한다는 것 자체가 말이 안 되는 소리였다.

"도대체 어떤 새끼가 저딴 헛소리를 한 거야!"

유영민이 경영대에 속해 있기 때문에 일단 경영대 측을 다그치자 경영대 측에서는 대답하거나 변명하는 대신에 시선을 슬쩍 교양학부로 돌렸다.

당연히 불똥은 교양학부로 튀었다.

"교양학부? 김 교수, 이거 어떻게 된 거야? 응? 어떻게 된 거냐고!"

그 말에 지목당한 김 교수란 남자는 땀을 뻘뻘 흘렸다.

설마 불똥이 자신에게 튈 거라고는 생각 못 했으니까.

"그…… 누굽니까, 그게?"

"뭐, 몰라? 지금 몰라서 일을 이 지경으로 만들어?"

"저도…… 잘 몰라서."

하긴, 고발장은 그 교수가 아닌 총장에게 날아왔다.

그러니 아무것도 모르는 교양학부 학부장으로서는 감을 잡을 수가 없었다. 교양학부 교수가 한두 명이 아니니까.

"그게……."

김 교수가 말을 흐리는 사이 다시금 자신에게로 옮겨 오는 시선들에 경영대 학장은 눈을 데구루루 굴렸다.

하지만 자신을 노려보는 수많은 시선을 견디다 못해 결국 눈을 질끈 감고 말했다.

"원광소 교수가 공정하게 처리한다고 노력하다가 실수한 모양입니다……."

"원광소 교수? 그건 또 누구야?"

이원술은 처음 듣는 이름에 기가 막혔다.

들어 본 적도 없는 교수가 갑자기 튀어나왔으니까.

하지만 당연하게도 교양학부를 관리하던 김 교수는 그 이름을 알고 있었다.

"교양 수업인 '역사와 미래' 교수입니다."

"뭐?"

전공도 아니고 고작 교양 수업 교수가 자신을 엿 먹였다는 사실에 이원술은 어이가 없었다.

그리고 한국대 총장이라는 정치적인 자리에 올라갈 정도로 짬밥과 눈치가 있는 사람이었던 그는 금세 이상함을 느꼈다.

"원씨라고?"

사고를 친 교양 수업의 교수도 원씨. 그리고 경영대 학장도 원씨.

"무슨 관계야?"

"네?"

"무슨 관계냐고."

"……."

아무런 말도 못 하는 경영대 학장.

그러자 교양학부 김 교수가 잽싸게 먼저 입을 열었다. 이대로 같이 죽을 수는 없기 때문이다.

"그분, 아니 그 새…… 크흠! 그 사람은, 원 교수의 부탁으로 임용한 사람입니다."

처음에는 버릇대로 '분'을 붙이려다가 주위의 눈치를 보면서 '새끼'라고 부르려다가 또 그건 너무 상소리 같아서인지 사람이라 부르며 김 교수는 폭탄을 떠넘겼다.

이쯤 되니 이원술도 상황이 대충 어떤 식으로 굴러가는지 알 것 같았다.

"너도 원씨, 그 새끼도 원씨. 한국에 원씨가 그렇게나 많다. 그치?"

"……."

여전히 아무런 말도 못 하는 경영대 학장.

결국 이원술에게서 마지막 분노가 터져 나왔다.

"무슨 관계냐고!"

"사촌 동생입니다."

"어이구."

그 말에 이원술은 목뒤를 잡으며 주저앉았다.

"총장님!"

"총장님!"

다른 교수들은 그런 그에게 다급하게 달려갔지만 경영대 학장만은 얼굴이 사색이 되어서 전속력으로 도망갈 수밖에 없었다.

사회의 의무

이원술은 다급하게 새론으로 찾아왔다. 그러고는 손이 발이 되도록 빌었다.

"죄송합니다. 저희가 잘못했습니다. 뭔가 오해가 있었나 봅니다."

"아, 네. 오해요. 그렇게 생각하세요. 결정은 법원에서 할 테니까."

"아니, 오해라니까요."

"글쎄요, 오해라고 할 수 있을까요? 한두 해 전에 생긴 법도 아니고, 이 사건이 한두 번 터진 것도 아니고요."

실제로 이 법이 생긴 후에 1년에 꼭 한두 번씩 터져서 언론에 나갈 만큼 자주 이슈화된 사건이기는 하다.

물론 대부분의 경우 잽싸게 꼬리 말고 사과하고 그 후에 학점으로 보복하는 수순으로, 단 한 번도 처벌받지 않은 채로 넘어갔지만 말이다.

"하지만 애석하게도 저는 이번에는 그렇게 넘어갈 생각이 없거든요."

'그간 많이 봐줬지.'

사실 많이 봐준 걸 넘어서 아예 사문화된 법이 바로 예비군법이다.

정확하게는, 처벌 규정은 사문화되어 있었다.

왜냐하면 그걸 고발하는 사람은 거의 없었고, 설사 고발한다고 해도 "죄송합니다. 몰랐어요."라고 대충 얼버무리면 경찰에서는 알아서 혐의 없음으로 올려 버렸기 때문이다.

"이 짓거리를 수십 년간 해 왔지요. 안 그래요?"

"그게……."

실제로 한국에는 예비군 훈련하러 간다고 하면 화내는 인간이 넘쳐 난다.

대기업은 그나마 시스템이라도 되어 있지, 편의점이나 식당 아니면 중소기업 같은 곳은 대체 인력이 전혀 없는 편이기에 예비군 훈련하러 간다고 하면 거의 나라라도 팔아먹은 것처럼 욕하는 사람들로 넘쳐 난다.

'어이가 없다니까.'

그리고 노형진은 이참에 그런 분위기를 대대적으로 바꿀

생각이었다.

"그걸 왜 제가 당해야 합니까?"

이원술은 울상이 되었다.

"법이 그런데 어떻게 합니까?"

"네?"

"안 그런가요? 법이 그렇잖습니까? 분명히 법에서는 학교
의 장에게 그 책임을 물으라고 되어 있습니다. 그러면 저희
는 그 법대로 하는 수밖에 없죠."

"아니, 그게……."

이원술은 침을 꿀꺽 삼켰다.

노형진은 한다면 하는 타입이다. 그리고 여기까지 온 이상
절대 물러나지 않을 거다.

'벌금? 그거야 문제가 안 되는데…….'

사실 이 상황에서 이원술에게 날아올 것은 그리 많지 않은
벌금일 거다.

2천만 원 이하의 벌금이라지만 최고가 2천이고, 잘해 봐야
500만 원 정도일 테니.

실형이 나올 가능성은 없다.

법에서 학교장이 책임지도록 되어 있지만 그렇다고 해서
직접 '애들 예비군 훈련 보내지 마세요.'라고 한 것도 아니
고, 기계적이라지만 예비군 관련 공문을 보내 왔으니까.

진짜 문제는 바로 대룡 그리고 노형진과 척졌다는 대외적

인 이미지다.

다른 사람도 아닌 대룡의 유일한 후계자에게 엿을 먹이고 불이익을 줬다?

대놓고 터부시하지는 않겠지만 자신을 불편해할 사람은 넘쳐 난다.

단순히 불편함을 넘어서, 다음 총장 선거에서는 100% 탈락이라고 봐야 한다.

"저는 진짜 아무것도 몰랐습니다. 그놈은 그냥 교양 교수일 뿐입니다."

전공 교수도 아닌 교양 교수를 총장이 직접 나서서 고르지는 않는다.

물론 총장의 동의가 있어야 하지만 보통은 이미 선택된 인선에 대해 동의할 뿐, 철저하게 감사하지는 않는다.

"물론 그러시겠지요. 그런데 그거 아십니까? 윗선은 말입니다, 책임지라고 있는 자리입니다."

권력 누리고 거들먹거리고 의전 받으라고 총장 자리를 만든 게 아니다.

꼼꼼하게 챙기고 부족한 부분을 메꾸라고 있는 게 바로 책임자다.

'그런데 한국은 영 반대란 말이지.'

문제가 생기면 아랫사람이 책임지고 모가지가 날아가고, 윗선은 의전만 받다가 두둑하게 챙겨서 나간다.

"그러니까 어떻게 책임을 지란 말입니까?"

어떻게 해서든 상황을 풀고 싶었던 이원술은 다급하게 물었다.

"너무 당연한 거 아닙니까? 조사해야지요."

"조사?"

"인터넷에서 누가 노키즈존에 대해 이런 말을 했다죠? '애가 그럴 수는 있다. 하지만 너는 그러면 안 되지.'."

그 말을 이해하지 못하는 이원술을 보면서 노형진은 혀를 끌끌 찼다.

'하기야, 책임이라는 걸 져 본 적이 있어야 알지.'

"간단한 겁니다. 애는 몰라요. 그러니까 시끄럽게 떠들 수도 있고 실수를 할 수도 있는 겁니다."

"그런데요?"

"하지만 어른은 아니죠. 애가 그러면 안 된다는 것도 알고, 그걸 부모인 자신이 컨트롤해 줘야 한다는 것도 압니다. 그런데 정작 컨트롤을 하지 않죠."

사람들은 노키즈존이 생기는 이유가 아이들 때문이라고 생각한다.

하지만 노형진이 봤을 때 노키즈존이 생기는 원인은 아이가 아니라 그 부모다.

아이는 당연히 실수할 수 있는데, 부모가 그런 아이를 컨트롤하지 않으니까.

"이것도 마찬가지죠."

지난 수십 년 동안 똑같은 일이 반복되고 반복되고 또 반복되었다.

심지어 군대에 갔다 온 놈들도 그 짓거리를 똑같이 했다.

그건 그들이 잘못된 것도 있지만, 위에서 컨트롤하지 않으니까 만만하게 보인 것도 있다.

"그러면…… 어쩌란 말입니까?"

"컨트롤하셔야지요."

노형진은 싱글벙글 웃으며 말했다.

"안 그렇습니까? 지금도 딱히 컨트롤하려고 하지는 않으시잖아요?"

"네?"

"안 그런가요?"

실제로 그는 이 문제를 해결할 생각은 해 보지 않았다.

그저 화만 내고, 찾아와서 용서해 달라고만 하고 있다.

"저도 나이 지긋하신 분한테 이러고 싶지 않습니다. 하지만 고칠 수 있는 기회가 있음에도 불구하고 안 고치고 계시잖아요?"

아직 학기가 끝난 것도 아니다. 시험을 치른 것도 아니고, 당연히 고칠 수 있는 시기다.

"그런데 아무것도 안 하시던데요?"

"그건 제 잘못이 아닌데……."

이것이 법이다

"아니죠. 법에서는 총장님 잘못이라고 했습니다."

물론 안다. 그는 총장이다. 일반 학생들에게는 하늘같이 높은 자리에 있는 사람일 거다.

'대부분 이런 경우 자존심 상해서 사과를 안 하지.'

자기가 잘못한 것도 죽어라 버티면서 사과하지 않는 게 인간이다.

하물며 자기 잘못이 아니라고 생각하는 사건에 대해 사과하는 사람은 거의 없다.

"사과하고, 그걸 고치셔야지요."

"제가 말입니까?"

"네."

"그건 좀……."

"싫으시면 끝까지 가야 하고요. 사과하지 않는 사람을 저희가 굳이 용서해 줄 필요는 없죠."

그 말에 이원술은 기가 막혔다.

자신은 그래도 한국에서 가장 유명한 석학이다. 한국대 총장이라는 것만으로도 전 세계에서 알아주는 석학으로 대우해 줬다.

실제로 한국대가 글로벌 대학 순위에서 최고 순위는 아니라지만 그래도 50위권 안에 들어갈 정도로 유명 대학이기는 하다.

그런데 사과라니.

하지만 달리 방법이 없었다.

"알겠습니다. 자리를 마련해 주시면 유영민 학생에게 개인적으로 사과하겠습니다."

'내 이럴 줄 알았다.'

유영민에게 사과하겠다.

정확하게는, 유영민에게만 사과하겠다는 거다.

"제 말을 오해하셨네요."

"오해요?"

"이 사건의 피해자가 한둘입니까?"

이번에 유영민이 연관되었을 뿐, 이 짓거리를 10년 넘게 해 왔다고 여기저기에 증언이 넘쳐 난다.

"그 사람들한테 한꺼번에 사과하셔야지요."

"지금 나한테 공개 사과를 하라는 말씀이십니까?"

"당연한 거 아닙니까? 관리 책임자시잖아요?"

그런데 그 책임을 지지 못했으니 사과는 당연한 거다.

"그건 좀……."

아니나 다를까, 이원술은 떨떠름한 얼굴이 되었다.

유영민이야 재벌가 후계자라지만 다른 학생들에게 공개 사과한다는 게 자존심이 상했으니까.

하지만 노형진은 단호했다.

"피해 입은 사람한테 사과하는 건 당연한 겁니다."

그 순간 이원술의 마음속에서 분노가 치밀어 올랐다.

'원광소 이 새끼 때문에…….'

"사과하겠습니다."

"좋습니다. 그러면 소를 취하하도록 하겠습니다."

노형진은 싱글벙글 웃으며 말했다.

"물론 사과가 이루어진 후에요. 아, 그래도 고칠 건 고쳐야지요."

"고칠 건 고치라니요?"

"원광소 말고도 이런 짓거리를 하는 교수들이 제법 있지요?"

"그게……."

"그 사람들을 고발하세요."

"네?"

"학교에서는 알 텐데요?"

당연히 안다. 알 수밖에 없다.

출결과 성적 관련해서 컨트롤하는 게 바로 학교니까.

당연히 학생들의 불만이 접수된다.

'나 때도 그랬는데 지금이라고 안 그럴까?'

어떤 교수가 예비군 훈련 때문에 불이익을 준다면 학생들은 당연히 학교에 이의신청을 할 것이다. 그리고 학교는 그걸 바탕으로 컨트롤을 해야 한다.

'하지만 학교는 아무것도 안 하지.'

대부분의 경우 학교는 그냥 그 사실을 교수에게 알리고 제대로 수정하라고 요청할 뿐, 강제성은 없다.

그렇다 보니 질이 낮은 교수들은 도리어 '감히 내가 발급한 성적에 이의신청을 해?'라고 생각해서 분명 A가 나올 성적인데 C를 준다거나 하는 식으로 학생에게 보복한다.

'그리고 그 사실을 학교는 모른 척하지.'

왜냐하면 같이 일하는 교수들과 얼굴 붉히기 싫으니까.

그렇다고 학점을 고치겠다고 소송할 수도 없는 노릇이니, 결국 학생만 예비군 훈련을 갔다는 이유로 불이익을 받는 게 현실이다.

"학교에서 그 사람들을 고발하세요."

"그건 안 됩니다. 그건…….."

"왜 안 됩니까?"

"아니 그게, 아무리 그래도 스승인데…….."

"교수님이 스승은 아니죠. 스승이라고 불리기 위해서는 모범을 보여야 합니다."

하지만 그들은 모범을 보이지도 않았고, 보일 생각도 없다.

"저기, 그건 좀 용서해 주시면…….."

사실 이원술이 이러는 것은 일부 교수들 때문이기도 했다.

왜냐하면 그런 행동을 하는 교수들을 고발하면 그들이 자기한테 표를 주지 않을 테니까.

'주고 싶어도 못 주지.'

교수는 아무나 되는 게 아니다. 여러 조건을 따지고 여러 가치를 따져서 뽑는다. 당연히 전과 기록도 따진다.

그건 단순히 벌금의 문제가 아니라 재임용에서 그들이 불리한 입장에 놓인다는 뜻이다.

그런데 그들이 과연 이원술을 가만둘까?

"그럴 수는 없어!"

아까는 당연히 된다고 하던 이원술이 갑자기 돌변했다.

대룡? 무섭다.

하지만 동시에 동료들의 원성도 무섭다.

만일 그들이 자신을 배신한다면 도리어 자신이 바닥으로 떨어질 수도 있다.

"저희가 무슨 무리한 부탁을 한 것도 아닙니다만?"

갑자기 돌변해서 반말하는 이원술을 보면서 노형진은 속으로 피식 웃었다.

'뭐, 파투네.'

하지만 그럼에도 불구하고 노형진은 이야기를 이어 갔다.

"법에서 정한 대로, 학생을 부당하게 대우한 사람들을 처벌하라는 것뿐입니다."

"안 돼! 그건 지성에 대한 모독이야!"

"지성에 대한 모독요? 지성이 있다면 애초에 의무에 대한 모독도 하지 않았겠죠."

대한민국은 군인들의 헌신과 의무 위에 서 있는 나라다.

군인이 없었다면 한국은 벌써 오래전에 '김정은 수령 동지 만세'를 외치고 있든가, 아니면 저기 신장위구르처럼 중국에 강제로 끌려가서 장기를 털리는, 살아 있는 장기 공장이 되었을 것이다.

"절대로! 교수에 대한 고발은 있을 수 없네."

"그러면 합의는 파투 난 거군요."

"흥. 그래, 어디 한번 해 봐!"

이원술은 이를 박박 갈면서 말했다.

"대룡이라 해도 이 시대의 지성에 대한 압박은 있을 수 없네!"

"아니, 지성이 아니라 범죄에 대한 압박입니다만?"

"절대로! 지성은 권력에 굴하지 않아!"

"이미 많이 굴했는데요?"

노형진은 비웃음을 날렸다.

"돈 받고 증거나 연구 결과를 조작한 사건, 한두 개가 아니지 않습니까? 어떻게, 자동 분사 방향제 사건부터 말씀드려요?"

그 말에 이원술은 얼굴이 시뻘게져서는 자리를 박차고 일어났다.

"마음대로 해 보게. 이 시대의 지성은 누구보다 강하니까."

노형진은 멀어지는 그를 보며 혀를 끌끌 찼다.

"지성 같은 소리 하고 자빠졌네."

"오빠, 굳이 그렇게 크게 일을 키워야 했어?"

"그래야 해. 그러지 않으면 또 이 짓거리 하게 된다."

밖에서 눈치를 보던 서세영은 이해가 안 된다는 듯 고개를 갸웃했다.

"이 짓거리를 또 한다고?"

"그래. 이 사건이 문제가 된 게 한두 번인 줄 알아?"

"하긴, 그렇지."

"자기들에게도 불이익이 온다는 걸 알아야 교수들도 제대로 출석 처리를 하게 된다고."

대부분의 범죄, 특히 이런 생활형 범죄나 권력형 범죄의 특징은 자신에게 불이익이 오지 않으니까 저지른다는 거다.

"교수를 한다는 점에서, 그리고 대부분의 학교에서 예비군에 관련된 부분을 공지한다는 점에서 교수들이 모르지는 않아. 그런데 왜 그렇게 악다구니를 쓰면서까지 끝까지 불이익을 주겠어?"

"음, 그러게. 이해가 안 가네?"

사실 그걸 인정해 준다고 해서 자신이 손해 보는 것도 없는데 말이다.

"간단해. 자신의 우월성을 느끼고 싶은 거야."

"우월성?"

"그래, 자신은 법보다 우선이다. 자신은 법 위에 있다. 법은 나를 처벌하지 못해. 이게 이 나라의 한계다. 뭐 그런 느낌?"

"아니, 뭔 중2병이야?"

"중2면 그나마 귀엽기라도 하지."

실제로 교수가 이런 마인드로 불이익을 주면 학생들은 보복도 저항도 하지 못한다.

"내가 총장을 물고 늘어지는 이유는 이 상황에서 교수들을 컨트롤할 수 있는 유일한 사람이 총장이기 때문이야."

물론 이번에는 노형진이 나섰고 피해자가 재벌가의 도련님인 만큼 처벌을 받기는 할 거다.

"하지만 잠잠해지면 또 똑같은 일이 벌어질 거야."

교수는 지랄할 테고 학생은 고발을 못 한다.

그리고 고발해 봐야 적당히 사과하는 선에서 사건은 혐의 없음으로 끝날 테고, 당연하게도 고발한 학생만 불이익을 받을 거다.

"그러니 고발을 대신 해 주고 불이익을 받지 않을 사람이 필요해."

"그게 총장이구나."

"맞아."

아무리 교수가 힘이 세다고 해도 결국 총장 아래에 있는 사람이다.

물론 총장과 교수의 위계질서가 회사처럼 위아래로 나뉘는 게 아니라고 할지라도 관리 책임이라는 면에서 총장은 교수에게 처벌을 내릴 수 있고, 불이익이 쌓이면 재임용 불가라는 결정을 내릴 수도 있다.

"그런데 이원술 총장은 왜 저래?"

"한국대학교는 교수들의 투표를 통해 총장이 선출되는 방식이거든. 그런데 내가 요구한 건 교수들을 고발해 달라는 거였잖아."

"아하!"

그게 목적이니 당연히 노형진은 요구할 수밖에 없고, 총장 입장에서는 자기 세력을 쳐 낼 수 없으니 무시할 수밖에 없다.

"그러면 어떻게 되는 거야? 그냥 흐지부지?"

"아니, 그건 아니야. 이 사건이 계속되면 각 총장들은 컨트롤을 하겠지."

"일벌백계다 이건가?"

"맞아. 일종의 일벌백계지. 다들 두 눈으로 똑똑히 보고 있을 테니까."

한국대학교와 이원술이야 이미 일이 터졌고 돌이킬 수 없는 상황이지만, 최소한 다른 학교에서는 이 문제가 공론화되지 않은 상황이다.

당연하게도 그런 경우라면 공론화되어서 개처럼 처맞기 전에 알아서 컨트롤하려고 할 거다.

"일단 이건 관성 같은 거니까."

한번 컨트롤이 되면 이런 경우는 관성처럼 하나의 규칙으로 굳어지게 된다.

한 2년쯤 지난 후에 갑자기 교수 하나가 미쳐서 '이제 나는 예비군 훈련하는 놈에게 불이익을 주겠어!'라고 하지는 않는다.

"이번 한 번만 족쳐 놓으면 그다음에는 두 번 신경 쓸 필요가 없다 이거네."

"맞아. 그러기 위해서는 그런 인식을 확실하게 못 박아 놔야 하고."

"그리고 그 방법이 바로 이원술이고?"

"정확하게는 이원술이 아니라 원광소가 표적이기는 한데……."

노형진은 머리를 긁적거리며 말했다.

"뭐, 일단은 이원술과 한국대학교를 엿 먹이는 데에서부터 시작하겠지."

"그런데 어떻게 엿을 먹이려고? 단순히 고발로 끝나는 게 아니야?"

"물론 그것도 충분하기는 하지."

사실 이미 이슈화된 사건이고 고발로 커진 만큼 다른 학교나 교수에게는 충분한 경고가 될 거다.

"하지만 일벌백계라는 건 말이야, 경고로만 끝나면 아무런 효과도 없어."

일벌백계란 한 사람을 붙잡고 '이 새끼가 너의 미래가 될 수도 있다.'라고 머릿속에 박아 넣어야 효과가 있다.

범죄자에게 경고만 해 줘 봐야 범죄자들은 '너희들이 범죄를 저질러도 경고로 끝날 거다.'라는 의미만 전달될 뿐이다.

"하지만 예비군법 위반은 처벌이 강하지는 않잖아."

아무리 잘해 봐야 분명 벌금 500만 원이나 나오고 말 거다.

하지만 제대로 일벌백계하려면 최소한 실형이 나와야 한다.

"그렇잖아도 그것 때문에 조사를 좀 한 게 있지, 후후후."

노형진은 씩 하고 웃었다.

"아마 조만간 결과가 나올 거야."

⚖

얼마 후 고문학은 노형진에게 원광소에 대한 정보를 가져왔다.

"말씀하신 대로 원광소에 대한 조사를 진행했습니다."

"전공이 어떤 거던가요?"

"전공?"

노형진의 말에 서세영은 고개를 갸웃했다.

"이게 전공이 있어? 교양이?"

"그래. 교양이라는 건 말 그대로 생활에 도움이 되는 지식이야. 전문적인 영역까지는 아니지만 그래도 도움이 되는 정보라고 할 수 있지. 그런데 넌 그걸 아무에게나 시킬 수 있을 것 같아?"

"음, 그런가?"

"대학교의 교양과 평생 교육원 같은 건 완전히 달라."

대학교에서 아무리 교양 수업이라지만 교수가 되기 위해서는 기본적으로 전공이 있어야 한다.

대학에서 운영하는 평생 교육원 같은 곳이야 평범한 강사여도 된다지만, 대학교의 교양 수업에서는 교수라는 타이틀이 필수인 이상 법과 원칙에 따라 자격을 증명해야 한다.

　"문제는 그거지. 이 교양이라는 게 상당히 애매하거든."

　전공이 아니라 교양이니까.

　"예를 들어 '클래식의 이해' 같은 교양이 있다고 쳐 봐. 그거 누가 담당하는 게 정상이겠어?"

　"클래식 전공자겠지?"

　"맞아."

　실제로 교양 교수는 대부분 그런 식으로 정해진다.

　'클래식의 이해'면 클래식 전공자, '현대음악의 이해'면 실용음악과 전공자, '사상과 철학'이면 철학과 전공자가 한다.

　"그런데 너 전공에서 뜨개질의 이해 같은 거 들어 본 적 있어?"

　"없지."

　"왜 그런 수업이 없겠어?"

　"안 들어서?"

　"안 듣는 교양 수업이 한두 개야? 결국 영민이도 타이밍을 놓쳐서 '역사와 미래' 수업을 들은 거잖아."

　"아, 그렇지."

　즉, 만들기만 하면 졸업 점수를 따기 위해서라도 들어야 한다.

"그러고 보니 나 학교 다닐 때 '사랑과 가정' 같은 교양도 있었다."

진짜로 사회에 도움이 되는 게 아니라 졸업에 필요한 점수를 채우기 위한 교양도 분명 있다.

"그래. 그런데 그런 수업은 누가 하겠어?"

"'사랑과 가정'은 여성학 교수님이 하셨는데."

"그러면 '역사와 미래'는?"

그 말에 서세영은 잠깐 고민했다.

생각해 보니 애매했다.

어떤 거든 관련된 정보와 전공을 이용해서 교양 수업을 하기 마련이다.

법에 관련된 교양이라면 당연히 사람들이 많이 당하는 사기나 범죄 피해에 대해 알려 줄 테고, 음악이라면 음악의 역사나 추천하는 클래식 같은 걸 알려 줄 거다.

"그런데 '역사와 미래'는 교양치고는 좀 애매하지."

미래학이라는 건 없으니까.

아예 없는 건 아니지만 미래를 예측하는 학문이기에 통찰력이 대단해야 해서, 미래학을 한다는 사람들은 세계적인 석학들이 대부분이다.

"그러면 역사 쪽 이야기 같은데? 그렇지 않아?"

"맞아. 나도 그렇게 생각했지."

그렇게 말한 노형진은 뭔가를 꺼내서 서세영에게 건넸다.

"그리고 이게 그 강의안이고."

노형진에게 강의안을 받은 서세영은 그걸 읽다가 고개를 갸웃했다.

"뭐가 이래?"

"이상하지?"

"이상하다 못해, 그냥 고 3이면 다 배우는 거잖아."

"그래. 수업 내용을 보면 제목은 '역사와 미래'인데 그냥 역사 강의만 하더라고."

"그게 이상해?"

"제목이 '역사와 미래'잖아. 그러면 수업 내용은 과거에서 미래를 배우자 같은 게 되어야 하지 않을까?"

실제로 역사는 많은 것을 알려 준다.

인간의 본성 그리고 국가의 본성 등등.

그래서 한 나라의 역사를 분석하면 그 나라의 특징을 알 수 있다.

"예를 들어 일본의 역사를 보면 일본인이 강자, 특히 지배자에 대한 충성이 강하다는 걸 알 수 있지."

그런 걸 분석해서 미래 정세를 분석하거나 하는 건 정치하는 사람들에게는 아주 중요한 요소다.

"그런데?"

"그런데 이 기록을 보면, 역사에 대한 정보가 너무 고전적이야."

"고전적이라고?"

"그래. 네가 말했지? 고 3 때 배운 거와 비슷하다고."

"그래, 맞아. 그런 느낌이야."

"그러면 이게 역사를 전공한 역사학자의 지식으로 보여?"

"음······."

그 말에 서세영은 한참 고민하다가 고개를 흔들었다.

"전혀."

이 정도라면 공무원 시험을 준비한 사람들이라면 당연히 아는 수준의 정보였다.

아무리 좋게 봐줘도 결국 딱 그 정도.

"옛날에 사법시험도 이것보다는 어려웠어."

"아, 맞다. 오빠는 사법시험 세대지?"

"그래. 그런데 이상하더라고. 아무리 교양이라지만 이렇게 낮은 수준의 수업이 이루어질까?"

말 그대로 그냥 역사적 사실의 나열만 계속되는, 딱 고 3 수준의 수업이다.

'역사와 미래'라는 수업의 명칭에 맞게 강의하려면 단순한 역사의 나열이 아니라 특정 역사가 미래에 미치는 영향을 분석하거나 하다못해 역사가 다른 형태로 바뀌었을 때 그 미래가 어찌 되었을지에 대한 토론이라도 이루어져야 하는데 말이다.

"그래서 이상하다고 생각했지."

"뭐가 이상한데?"

"그건 이제 고문학 팀장님이 말씀해 주실 거야."

노형진의 말에 옆에서 잠자코 대화를 듣고 있던 고문학이 나섰다.

"네. 일단 원광소 교수에 대한 조사 결과를 말씀드리면, 역사학자는 맞습니다."

"그래요?"

"다만 학사 학위를 가지고 있더군요."

"학사요?"

학사라는 말에 서세영은 깜짝 놀랐다.

그도 그럴 게 학사라는 건 말 그대로 대학만 졸업했다는 의미니까.

"잠깐, 학사만 가지고 대학교수를 할 수 있어요?"

"그 부분이 문제입니다. 저희가 조사한 결과에는 학사로 되어 있는데, 한국대학교 지원 서류에는 석사로 되어 있다고 하더군요."

"석사요?"

석사는 말 그대로 대학원 졸업자를 의미한다.

실제로 대부분의 대학에서는 교수가 아니라 강사라고 할지라도 최소 지원 조건이 석사 이상이다.

"네, 맞습니다."

"설마……."

서세영은 바로 느낌이 왔다.

그렇잖아도 최근에 학력 위조가 엄청나게 터져 나왔기 때문이다.

대학교수에 연예인까지 학력을 위조하는 경우는 엄청나게 많았고, 실제로 그로 인해 자의 반 타의 반 잠수를 탄 연예인도 있었다.

"교수진에서 학력 위조 사건이 터진 게 처음은 아니지."

"하지만 여기는 한국대잖아!"

"한국대가 뭐? 한국대는 뭐 달라?"

노형진은 코웃음을 쳤다.

"시대가 부패하면 학교도 부패하는 법이야. 상아탑이 등골탑이 된 지 얼마나 오래됐는데?"

"끄응."

과거에는 속세에서 벗어나 학식을 쌓고 지식을 채운다 해서 상아탑이라 불렸던 대학이지만 지금은 부모의 등골을 빼먹고 취업률을 팔아먹는 등골탑이라고 불린다.

"더군다나 기존 학교의 학력 위조 사건들을 봐. 죄다 전공 담당이 아니라 교양 담당이었어."

당연하다. 전공의 경우는 필연적으로 걸릴 수밖에 없다.

하지만 교양의 경우는 일단 전공자가 들어올 가능성도 낮은 데다가 설사 전공자가 들어온다 한들 다른 학과 출신도 같이 들어오기 때문에 그 전공자의 수준에 맞추면 아무도 못 알아들어서 가능하면 쉽게 이야기할 수밖에 없다.

"그래서 조사해 달라고 했지."

"단순히 교양 교수의 실력이 부족해 보여서 조사해 달라고
한 거야?"

그 말에 노형진은 고개를 흔들었다.

"사실 그건 부차적인 문제고, 더 이상한 게 있었거든."

"뭔데?"

그 부분에 대해서는 고문학 팀장이 나서서 대신 설명해 줬다.

"그가 역사학사를 딴 대학교는 세간대학교라는 곳입니다."

서세영이 의아한 표정으로 말했다.

"세간대학교? 처음 들어 보는데?"

"지방대니까."

"아, 그래?"

"전에는 지방에서 중위권 대학은 되었지. 하지만 지금은
인구가 줄었잖아."

"아하!"

당연히 경쟁률도 떨어지고, 경쟁률이 떨어지면 자연스럽
게 학생의 질도 떨어진다.

"더군다나 세간대학교가 딱히 역사학에서 두각을 나타내
는 학교는 아니거든. 사실 세간대학교에서도 역사학은 하위
권이야. 그쪽에서 유명한 건 의외로 간호대야. 간호대 쪽은
서울 수준으로 경쟁력이 높지."

한국에서 역사학은 딱히 인기 있는 학과도 아닌 데다 더욱이 취업률을 중요시하는 분위기이기에 여러모로 불리한 게 사실이다.

그래서 같은 대학이라고 해도 역사학과는 자연스럽게 지원 성적이 떨어지는 경우가 많다.

"한국대학교에도 역사학과가 있고, 실제로 한국대학교 역사학과가 전국 톱이지."

당연하다. 한국대학교라는 네임 밸류가 있으니까.

똑같이 역사학을 전공한다고 해도 진짜로 한국대학교가 세간대학교보다는 더 높은 등급이라고 판단할 수밖에 없다.

"그래서 이상하다고 생각했구나."

"맞아."

만일 강사를 쓴다면 당연히 이미 졸업한 한국대학교 출신의 역사학자를 쓰는 게 정상일 것이다.

그런데 세간대학교 출신이라니?

팔이 안으로 굽는 대학 특성과 실질적으로 사회에서 인정받는 걸 감안하면…….

"그래서 부정이 있을 가능성이 있다고 생각했지."

"하지만 다른 학교 출신이라고 쓰지 못하라는 법은 없잖아?"

"그건 그렇지."

실제로 출신 대학 아닌 대학에서 강의하는 강사와 교수진은 수없이 많다.

당장 이원술도 한국대학교의 총장이지만 한국대학교 출신이 아니다.

"하지만 원광소에 관련된 기록은 아무리 찾아봐도 없더라고."

석사를 받았다면 당연히 그에 따른 논문이 있어야 한다.

하다못해 다른 대학, 그것도 한국대에서 수업을 진행하기 위해서는 그에 걸맞은 실적을 쌓아서 실력을 입증해야 한다.

"하지만 아무것도 못 찾았어."

"그래서 오빠가 의심한 거구나."

"맞아."

부정이 있는 건 아닌가 생각되자 의심스러운 게 한두 개가 아니었기에 노형진은 고문학에게 원광소에 대해 조사해 달라고 부탁했다.

"거기다가 그가 공정에 필요 이상으로 집착했잖아."

"맞아."

유영민의 말에 따르면 그게 자신이 생각하는 공정이라면서 법도 무시하고 있다고 했다.

"내가 전에 뭐라고 했지?"

"뭔가를 자꾸 이야기하는 사람은 그걸 가진 사람이 아니라 그걸 갈구하는 사람이라고 했지."

진정으로 자신이 공정하다고 생각한다면 굳이 공정을 입에 담을 이유가 없다.

"하지만 지난번에 그 스윗남인지 뭔지라고 하지 않았어?"

"그건 또 언제 들었대?"

"영민이가 말해 주던데."

"맞아. 스윗남이라는 말을 하기는 했지."

노형진은 고개를 끄덕거렸다. 그러고는 비웃음으로 가득한 얼굴로 말했다.

"그런데 중년, 아니 노년 스윗남들의 특징이 뭔지 알아?"

"뭔데? 성추행?"

"아니. 성추행을 했으면 벌써 모가지를 날렸지."

"그러면?"

"과거에 대한 속죄."

"응? 과거에 대한 속죄?"

실제로 사회에 나가면 은근히 여성을 편들어 주고 여성 우월주의를 인정하며 실제로 혜택을 주는 놈들이 있다.

그런 자들이 보통 하는 말이 '여자는 약하니까 보호해야 한다.', '남자는 이런 것쯤은 참아야 한다.'라는 이야기였다.

"그런데 그건 일종의 속죄 심리에서 나오는 거거든."

"속죄 심리?"

"응. 시대가 바뀌었잖아."

과거 성추행해도 누구도 고발하지 못하던 시대에서, 지금은 신고가 당당한 시대가 되었다.

그런데 원광소나 부장급의 나이 많은 사람들이 살던 시대는 과거다.

여성에 대한 비하나 추행이 암묵적으로 횡행하던 시절.

"그런데 시대가 바뀌었지. 지금은 그런 짓을 하면 사회적으로 매장돼."

"그건 그렇지."

"그러면 과거에 자신이 잘못한 것에 대해 어떻게 부정할까?"

"그게 스윗남이라는 거야?"

"비슷해."

자기는 원래 그런 사람이 아니다, 자기는 여성을 배려하고 또 챙겨 줄 줄 아는 사람이라고 항변한다.

"변절자가 더욱 극렬하다 그거네."

"맞아. 실제로 강간범이 여성운동에 참가하는 경우가 제법 많지."

심지어 여성운동 단체가 시위하는 데 남성이 참가했는데, 나중에 알고 보니 강간으로 전자 발찌까지 찬 악질범인 경우도 있었다.

"그런 속죄 성향에 자신이 가지지 못한 공정에 대한 집착. 그걸 생각해 보니 답이 하나밖에 안 나오더라고."

"다른 곳에서 대학원을 졸업한 거 아니고?"

"아니야. 이미 확인해 봤어."

대학원부터는 그냥 시험 보고 졸업하는 게 아니다.

석사를 따려면 졸업논문을 내야 하고 그 졸업논문은 정식으로 기록에 남는다.

"하지만 아무리 찾아봐도 원광소라는 이름의 논문은 없었어."

한국의 역사 관련 기록이 많은 것도 아니고 매년 나오는 기록이 많은 것도 아니다.

한국에서 역사학은 상당히 마이너한 영역에 속하니까.

"학력 조작까지 해 가면서 교수를 했다는 거야?"

"그래."

"헐."

"이게 걸리면 과연 한국대학교는 어떻게 반응할까? 아니, 이원술은 어떻게 반응해야 할까?"

그렇게 말하며 노형진은 싱글벙글 웃었다.

"은근히 기대되지 않아? 후후후."

다음 권으로 이어집니다

꿈의 도약, 로크에서 하십시오
(주)로크미디어에서 신인 작가를 모십니다

즐거운 세상, 로크미디어는 꿈을 사랑하고 도전을 두려워하지 않는 작가 분들의 참신한 작품을 기다리고 있습니다. 21세기 장르 문학계를 이끌어 갈 차세대 선두 주자 (주)로크미디어에서 여러분의 나래를 활짝 펴 보시길 바랍니다.

모집 분야 판타지와 무협을 포함한 장르 문학
모집 대상 아마추어 작가, 인터넷 작가
모집 기한 수시 모집

작품 접수 시 유의 사항
 1. 파일명은 작가명_작품명.hwp형식을 갖춰 주십시오.
 1. 파일에 들어갈 내용은 다음과 같습니다.
  − 성명(필명인 경우 실명을 밝혀 주세요), 연락처, 이메일 주소
  − 제목, 기획 의도
  − A4용지 1장 분량의 등장인물 소개
  − A4용지 2장 분량의 전체 줄거리
  − 본문
 1. 작품이 인터넷에 연재되고 있다면, 게시판명과 사이트의 구체적이고 정확한 주소를 기재해 주십시오.

선택된 작품은 정식 계약 후 출판물로 간행되어 전국 서점에 유통됩니다.
작가 분은 (주)로크미디어의 전폭적인 지원하에 전속 작가로 활동하시게 됩니다.
※ 자세한 내용은 로크미디어 홈페이지(rokmedia.com)를 참조하세요.

(04167)서울시 마포구 마포대로 45 일진빌딩 6층
(주)로크미디어 편집부 신간 기획 담당자 앞
전화 : 02) 3273-5135
www.rokmedia.com   이메일 : rokmedia@empas.com